Doce amanhã

Banana Yoshimoto

Doce amanhã

Tradução

Jefferson José Teixeira

Estação Liberdade

Título original: *Sweet Hereafter/Suwito Hiaafuta*
© Banana Yoshimoto, 2011
© Editora Estação Liberdade, 2023, para esta tradução
Todos os direitos reservados.

Edição original em japonês publicada por Gentosha Inc., Japão, em 2011.
Direitos da tradução em português brasileiro acordados com Banana Yoshimoto por intermédio de ZIPANGO, S.L.

PREPARAÇÃO Nina Schipper | REVISÃO Valéria Jacintho | EDITOR ASSISTENTE Luis Campagnoli | COMPOSIÇÃO Marcelle Marinho | SUPERVISÃO EDITORIAL Letícia Howes
EDITOR DE ARTE Miguel Simon | EDITOR Angel Bojadsen
IMAGEM DE CAPA Shibata Zeshin (Japão, 1807-1891), *Planta de frutos vermelhos e borboleta*, período Edo (1615-1868). Laca sobre papel, 11,4 x 8,9 cm. Metropolitan Museum of Art, Coleção Howard Mansfield, Fundo Rogers, 1936.

CIP-BRASIL. CATALOGAÇÃO-NA-FONTE
SINDICATO NACIONAL DOS EDITORES DE LIVROS, RJ

Y63d

    Yoshimoto, Banana, 1964-
        Doce amanhã / Banana Yoshimoto ; tradução Jefferson José Teixeira. - 1. ed. - São Paulo : Estação Liberdade, 2023.
        128 p. ; 21 cm.

    Tradução de: Sweet hereafter/suwito hiaafuta
    ISBN 978-65-86068-80-1

    1. Romance japonês. I. Teixeira, Jefferson José. II. Título.

23-86511   CDD: 895.63
                CDU: 82-31(52)

Gabriela Faray Ferreira Lopes - Bibliotecária - CRB-7/6643
04/10/2023   09/10/2023

Nenhuma parte da obra pode ser reproduzida, adaptada, multiplicada ou divulgada de nenhuma forma (em particular por meios de reprografia ou processos digitais) sem autorização expressa da editora, e em virtude da legislação em vigor.
Esta publicação segue as normas do Acordo Ortográfico da Língua Portuguesa, Decreto nº 6.583, de 29 de setembro de 2008.

EDITORA ESTAÇÃO LIBERDADE LTDA.
Rua Dona Elisa, 116 | 01155-030 | São Paulo-SP
Tel.: (11) 3660 3180 | Fax: (11) 3825 4239
www.estacaoliberdade.com.br

スウィート・ヒアアフター

Lover, Lover, Lover

I asked my father,
I said, "Father change my name."
The one I'm using now it's covered up
with fear and filth and cowardice and shame.

Yes and lover, lover, lover, lover, lover, lover, lover
                                come back to me,
yes and lover, lover, lover, lover, lover, lover, lover come
                                      back to me.

He said, "I locked you in this body,
I meant it as a kind of trial.
You can use it for a weapon,
or to make some woman smile."

Yes and lover, lover, lover, lover, lover, lover, lover
                                come back to me,
yes and lover, lover, lover, lover, lover, lover, lover come
                                      back to me.

"Then let me start again," I cried,
"please let me start again,
I want a face that's fair this time,
I want a spirit that is calm."

Yes and lover, lover, lover, lover, lover, lover, lover
                              come back to me,
yes and lover, lover, lover, lover, lover, lover, lover come
                                               back to me.

"I never never turned aside," he said,
"I never walked away.
It was you who built the temple,
it was you who covered up my face."

Yes and lover, lover, lover, lover, lover, lover, lover
                              come back to me,
yes and lover, lover, lover, lover, lover, lover, lover come
                                               back to me.

And may the spirit of this song,
may it rise up pure and free.
May it be a shield for you,
a shield against the enemy.

Yes and lover, lover, lover, lover, lover, lover, lover
                              come back to me,
yes and lover, lover, lover, lover, lover, lover, lover come
                                               back to me.

Yes and lover, lover, lover, lover, lover, lover, lover
                              come back to me,
yes and lover, lover, lover, lover, lover, lover, lover come
                                               back to me.

Amada, amada, amada

Pedi ao meu pai,
eu disse "Pai, troca meu nome".
O que uso agora está coberto
por medo, imundice, covardia e vergonha.

Sim e amada, amada, amada, amada, amada, amada,
                               amada, volte para mim,
sim e amada, amada, amada, amada, amada, amada,
                               amada, volte para mim.

Ele disse "Tranquei você nesse corpo,
eu o fiz como uma espécie de provação.
Você pode usá-lo como uma arma,
ou para fazer uma mulher sorrir."

Sim e amada, amada, amada, amada, amada, amada,
                               amada, volte para mim,
sim e amada, amada, amada, amada, amada, amada,
                               amada, volte para mim.

"Então me permita recomeçar", eu gritei,
"por favor, me permita recomeçar,
desta vez quero um rosto que seja justo,
quero um espírito que seja sereno."

Sim e amada, amada, amada, amada, amada, amada,
                              amada, volte para mim,
sim e amada, amada, amada, amada, amada, amada,
                              amada, volte para mim.

"Eu nunca, nunca, saí dos trilhos", ele disse,
"eu nunca fugi da raia.
Foi você quem o templo construiu,
foi você quem o meu rosto cobriu."

Sim e amada, amada, amada, amada, amada, amada,
                              amada, volte para mim,
sim e amada, amada, amada, amada, amada, amada,
                              amada, volte para mim.

E possa o espírito desta canção,
erguer-se puro e livre.
Que ele possa ser para você um escudo,
um escudo contra o inimigo.

Sim e amada, amada, amada, amada, amada, amada,
                              amada, volte para mim,
sim e amada, amada, amada, amada, amada, amada,
                              amada, volte para mim.

Sim e amada, amada, amada, amada, amada, amada,
                              amada, volte para mim,
sim e amada, amada, amada, amada, amada, amada,
                              amada, volte para mim.

                              Leonard Cohen, *Songs from the Road*

É, não tem jeito, vou morrer!
Esse foi o meu primeiro pensamento quando vi a barra de ferro fincada firme no meu ventre.

Logo em seguida, eu me preocupei curiosamente com a leve ferrugem em toda a extensão da barra. O instinto humano é realmente espantoso! Afinal, numa situação daquelas, que diferença faria se ela estava enferrujada ou brilhando de nova?

Nossa, está oxidada, isso é péssimo, pensei aflita, tomada por uma sensação desagradável. Recordo-me bem. Senti isso com uma estranha lentidão.

Contando ainda vinte e oito anos na época, eu acreditava ter uma vida quase eterna pela frente, mas aquela visão avassaladora me abriu os olhos para a verdade essencial de que a morte está sempre à espreita.

E não é que ela está logo ali?, refleti.

E, mesmo depois de extraída, era como se a barra continuasse cravada em mim.

O acidente ocorreu quando voltávamos de carro para Kamigamo, onde meu namorado, Yoichi, com quem eu mantinha um relacionamento de longa distância — eu em Tóquio, ele em Kyoto —, tinha sua residência conjugada com um ateliê. Ele estava ao volante.

Era final de verão e havíamos visitado as termas de Kurama. Devido às águas excessivamente quentes, desejávamos nos refrescar um pouco, e assim decidimos no trajeto de volta contornar por Kibune, um local úmido e dotado de uma vegetação densa de aroma agradável. Estávamos prestes a chegar às encantadoras margens do rio Kamo, onde uma ampla paisagem se descortinava.

Mais do que tudo na vida, Yoichi adorava e venerava Leonard Cohen, o cantor e compositor canadense. Também naquele momento a maravilhosa voz de timbre seco e rouco do artista reverberava no interior do carro em uma gravação ao vivo. A canção era "Lover, Lover, Lover".

Para nós era algo corriqueiro, uma cena comum do nosso cotidiano.

Havia sempre entre nós dois um espaço. Um lugar esplêndido, vasto, onde nos sentíamos bem pela amplitude e tranquilidade. Chegava a ser curioso como um casal tão jovem e dinâmico tinha criado para si com habilidade um espaço semelhante. Sem pressa, entre avanços e retrocessos, nós o fizemos fermentar com pitadas de tenacidade e carinho. Como num suflê ou nalgum tipo de pão.

E, de súbito, um automóvel no sentido contrário avançou sobre a nossa pista. O motorista decerto adormecera ao volante. Incapazes de desviar, fomos abalroados; nosso carro derrapou em direção à margem do rio e então capotou.

Bati a cabeça, meus olhos se encheram de sangue e tudo se avermelhou. Para piorar, havia uma barra de ferro enfiada no meu ventre. Yoichi a pusera no carro para usá-la em uma de suas esculturas.

Yoichi estaria bem? Morreríamos os dois? Que péssima ideia transportar uma barra de ferro num carro! Eram meus pensamentos naquele momento.

E nada havia de belo nesses últimos pensamentos, não passavam de mera emoção.

A voz grave e suave de Leonard Cohen ainda ecoava nos meus tímpanos. Num reflexo involuntário me pus às pressas a orar em silêncio.

"A situação é irreversível. Estou preparada para morrer, mas permita que Yoichi fique bem. Se me sobrar agora um resto de vida, eu o ofereço por inteiro a ele. Durante a minha existência contemplei inúmeras paisagens esplendorosas, vivi momentos inesquecíveis. Sempre tive um teto sob o qual dormir, fui abençoada com pais maravilhosos, me diverti bastante a cada dia, me alimentei bem, e sempre tive uma saúde de ferro. Sou imensamente grata. Por isso, deixe Yoichi viver."

Pode parecer inusitado, mas o fato de naquele momento eu não ter pensado nem por um instante em "querer apenas me salvar" serviu durante muito tempo de alento ao meu coração. No final das contas, minha vida deve ter sido salva também por esse motivo.

Preocupava-me apenas com a vida de Yoichi, como fariam os pais dele.

Jamais me esquecerei daquela emoção semelhante a uma luz cálida.

*

Dizem acontecer com frequência. Logo depois me vi imersa por um breve tempo num mundo de infinita beleza, completamente dominado por uma brancura cintilante.

Envolta por tanto brilho eu vivenciava uma sensação vaga e agradável, num estado aprazível, com vontade de não parar de cantarolar. Meu corpo sentia como se cerca de meio ano houvesse transcorrido, quando na realidade deveriam ter se passado alguns minutos ou até uns poucos dias.

Lembro que, durante todo o tempo em que permaneci nessa condição, meu falecido cachorro de estimação não se afastou nem um instante sequer do meu lado. Eu estava feliz por poder afundar meu rosto em seu pelo morno.

Ah, não há dúvida, eu morri mesmo. Mas agora estou aqui, alegre e protegida por esta tepidez. O céu está deslumbrante. Isso não basta? Achei melhor parar de tentar raciocinar.

Queria permanecer deitada, de olhos cerrados, aspirando incessantemente o odor do cão. Um cheiro mais doce do que o de qualquer narcótico ou bebida alcoólica. Saboreava cada instante desejando que perdurasse para sempre. A tépida e macia sensação de sua pele rosada. Fiquei profundamente aliviada e feliz por ele estar vivendo ali todo esse tempo.

Eu não deveria ter sofrido tanto quando meu cachorro morreu. Isso só serviu para matizar de tristeza o ar e o céu daquele local. Senti isso de verdade. Foi divertido termos podido compartilhar o tempo e passear juntos, foi muito bom mesmo. Essa percepção por si só me enchia de felicidade.

Tomara que Yoichi não se entristeça pela minha morte. E tampouco meu pai e minha mãe. Embora desejasse isso de coração, faltava frescor nesse sentimento estranhamente límpido, claro e vago.

O céu naquele mundo mantinha as fantásticas cores de uma aurora ou de um arco-íris.

Tudo se inflamava com o esplendor secreto da vida, à semelhança de uma alvorada ou de um crepúsculo. As árvores se agitavam acariciadas pela brisa leve e suave. Algo desconhecido emanava luzes brilhantes ao redor, à semelhança de dentes-de-leão volteando ao sabor do vento. Eu vislumbrava incansavelmente todos os dias essas imagens em constante mudança caleidoscópica. Achava tudo maravilhosamente lindo.

Num determinado momento meu avô, morto havia muito tempo, veio me buscar.

Quando o avistei em sua motocicleta descendo a estrada que vinha direto da montanha, imaginei se tratar de um sonho. Parecia algo impossível. Eu iria reencontrar meu adorado avô.

De qualquer forma, emocionada com tanta beleza, eu já não ponderava mais se estava viva ou morta, só ou acompanhada.

— Suba na garupa — ele me ordenou apontando para o banco traseiro da Harley.

— Sem capacete, nem pensar, ainda mais agora que tomei pavor por qualquer tipo de veículo — declarei, mas meu avô sorria matreiro e se recusava a aceitar minha negativa.

— Quando retornar, vá treinar andando uma dezena de vezes por dia numa montanha-russa — sugeriu ele, me forçando a sentar na garupa.

— Não saia daqui, voltamos logo — comuniquei ao meu cão e o abracei inúmeras vezes aspirando seu cheiro.

Quando por fim me aninhei firmemente às costas do meu avô, inalei também seu cheiro, para mim tão familiar. A tal ponto que desatei a chorar.

— Viver é algo simplesmente extraordinário! Não consigo conter as lágrimas — disse ao meu avô.

— Sem dúvida! — retorquiu ele. — Sayo, é praxe as pessoas irem para o paraíso atravessando a ponte do arco-íris acompanhadas por seu animal de estimação. É ele que vem buscá-las. Pesquise bem sobre isso na internet! Por que cargas d'água você ficou tanto tempo zanzando com seu cão no pé da ponte do arco-íris? Felizmente pude encontrar você.

— Bem, para ser sincera, prefiro os animais aos seres humanos — eu disse.

Ah, que saudades da textura fria e do cheiro da jaqueta de couro do meu avô.

— Volte ao mundo dos vivos para aprender melhor a viver. Pena o seu namorado ter partido discretamente e você não ter podido encontrá-lo. Conforme-se e siga firme. Aproveite a vida! Não precisa fazer nada de útil pelos outros, mas valorize seus pais. Você sofrerá por um tempo com o intestino enfraquecido. Essa dor não será lancinante, mas modorrenta e constante, e talvez lhe cause bastante sofrimento. Nessas horas, lembre-se desta paisagem, dê importância a essas prazerosas lembranças. Elas lhe proporcionarão alento em um local bem profundo dentro de você — afirmou meu avô.

O que ele queria dizer com isso? Naquele momento me era incompreensível e apenas me senti vagamente entristecida. Naquele lugar os sentimentos não se revelavam muito claros, tudo se revestia de uma beleza imprecisa.

A longa estrada flanqueando a montanha descia até o rio.

Soprava um vento ameno e agradável como o do Havaí, o céu tinha gradações da cor rosa e brilhava como uma aurora fulgente, estendendo-se suave na distância.

Que lugar lindo, pensei, ainda com a mente atordoada. Que bom seria se aquele momento pudesse perdurar indefinidamente, com o clima, o vento, todas as visões aprazíveis, nada havendo de desagradável ali. Um lugar onde tudo era fascinante.

Eu cursava a sexta série da escola fundamental quando meu avô faleceu.

Eu chorava demais todos os dias, minha voz enrouqueceu e os olhos intumesceram a ponto de me impedir de ir à escola. A professora encarregada veio verificar meu estado, e coleguinhas da turma me acompanhavam de mãos dadas até a escola.

Meu avô era escultor, ficava elegante em sua jaqueta de couro e numa Harley, era refinado e digno de confiança. Sempre havia crianças vindo brincar no ateliê de esculturas dele. Minha avó lhes oferecia doces, e meu avô generosamente as deixava tocar em suas obras e ajudá-lo um pouco no seu trabalho, e até pedia a elas que fizessem pequenas compras. Todas adoravam a companhia dele.

Quando me via meio desanimada, ele me punha na garupa da moto e me levava até um enorme banho público num distrito vizinho. Mesmo de dentro da banheira a céu aberto tinha-se uma visão difusa da vegetação da periferia de Tóquio, e essa paisagem me reconfortava mais do que quaisquer termas escondidas no fundo das montanhas. Certa vez ele me levou de moto até Hakone. Fiquei exausta, com as pernas e os quadris doloridos por ter permanecido muito tempo sentada, mas as esplêndidas paisagens me encheram da desmedida sensação de eu própria fazer parte delas.

Mesmo quando a doença do meu avô o confinou à cama, minha adoração por ele manteve-se firme. Durante toda a vida ele me aceitou como eu era e até o fim insistiu para que eu sempre me lembrasse dele quando me deparasse com alguma dificuldade.

Naquela época eu jamais imaginaria que a vida e a morte convivessem tão próximas, no mesmo espaço, como separadas apenas por uma fina folha de papel.

Pensava nisso vergada sobre as costas de meu avô, até que acabei perdendo a consciência.

Quando de súbito reabri os olhos neste mundo, eu retornara pesadamente para dentro do meu corpo todo dolorido. Sentia-me irremediavelmente pesada. Meu corpo parecia ser todo de chumbo, e até pronunciar as palavras se tornara para mim um fardo. Apenas movimentar um dedo se revelava um sofrimento, eu precisava empenhar nisso coração e alma. Isso me fez lembrar com clareza da entrevista sobre gravidade concedida por um astronauta depois de retornar à Terra.

— Ué. Cadê o vovô?

Essas foram minhas primeiras palavras ao recobrar a consciência, para espanto dos meus pais.

*

A barra entrou facilmente e foi extraída com destreza, não causando uma lesão mais séria. Eu continuava bem viva. Mesmo assim, por se tratar de órgãos internos, a situação foi muito complicada. Como previra meu avô, foi um doloroso e tortuoso caminho de recuperação, difícil de expressar em palavras. Em determinado momento, constatando o quão debilitada estava a minha saúde, comecei a admitir a sério a possibilidade de eu nunca mais voltar ao estado anterior ao acidente, mas basicamente estava viva, e aos poucos fui recobrando minhas forças.

Ao chegar aos trinta enfim comecei a poder levar uma vida normal.

A sensação era de terem limado todo o meu corpo. Perdi peso, parecia outra pessoa.

Eu me divertia com a reação das pessoas ao me verem. Elas diziam várias coisas como "Com uma mudança tão radical ela deve ter perdido a memória" ou "Deve ser por conta da experiência de ter estado à beira da morte".

Tive sorte de o ferimento na cabeça ter sido apenas superficial, aparentemente sem lesões cerebrais. No entanto, no local onde meus cabelos pararam de crescer formou-se uma cicatriz irregular parecida com as do Frankenstein.

No final das contas, houve um problema muito sério, sobre o qual pretendo contar a partir de agora.

*

O meu último desejo (pelo menos era o que eu achava) não foi atendido: Yoichi teve morte instantânea. Como vovô sugerira.

Ele viveu plenamente, deixou de legado inúmeras obras, teve um profundo relacionamento comigo, fez muitas amizades e, sem arrependimentos, parece ter partido num átimo para o mundo de lá.

O fato de eu não ter visto em nenhum momento seu cadáver me deixou completamente sem chão.

É evidente que havia um túmulo e, na casa da família dele, um altar budista. E fotos dele expostas tanto na minha casa quanto na dos pais. Fotos mostrando a imagem de alguém que já não pertencia mais a este mundo.

Recentemente, fui como de costume até a casa dos pais dele para tratar de certo assunto.

Apesar de eu e Yoichi não termos nos casado, seus pais me tratavam como a mulher do filho falecido.

— Seja bem-vinda. Que calorão, não? — A mãe de Yoichi me recepcionou à porta de entrada.

Ela era um pouco mais velha do que a minha mãe e sempre trajava um vestido de linho. Eu ouvia o som repetitivo dos chinelos cobrindo seus pés de aparência friorenta enquanto ela caminhava pelo corredor.

Como sempre, eu tinha vontade de responder a cada ocasião.

No salão da casa onde Yoichi nascera e crescera, sentada ao lado do sofá onde ele costumava se acomodar, tomando o chá gelado oferecido pela mãe e conversando com ela sobre as novidades, eu sentia que tentava me acostumar aos poucos a um espaço onde ele agora já não estava. Nenhum de nós poderia se acostumar à vida sem ele, mas estarmos nos acostumando ao tempo presente sem a existência dele nos fazia sentir como se a ordem das coisas tivesse sido forçosamente alterada.

No final da tarde o pai dele voltou para casa.

Embora tivesse passado da idade de se aposentar, ele continuava indo à editora onde sempre trabalhara para ajudar na criação de uma revista especializada em artes. Ainda pleno de vigor, tinha as feições parecidas às do filho, apenas obviamente envelhecidas e com cabelos encanecidos.

Mais do que em qualquer outro lugar, eu passava ali com eles horas descontraídas e alegres, feliz por eles me receberem. Apesar disso, era incapaz de expressar esse sentimento em palavras e me dirigia a ambos num tom burocrático.

— A exposição em Kirishima foi prorrogada. Vou levar para eles o aditivo contratual. Vocês gostariam de ir junto se tiverem tempo?

Por certo não tínhamos muitos mais tópicos de conversa além desses, mas para eles eu representava alguém com quem poderiam compartilhar algo valioso, o que era impossível de fazer com qualquer outra pessoa.

— Claro, nós a acompanhamos.

O pai retornou para a sala vestido em um traje mais confortável, e a plácida reunião prosseguiu como se todos estivéssemos tratando da administração de uma empresa. Essa serenidade derivava do fato de nos reunirmos com o intuito de preservar a vida decerto ainda existente nas obras de Yoichi.

Desistimos de reprimir as lágrimas quando nos encontrávamos. Tampouco nos segurávamos num esforço para não chorar. Não acontecia mais, como nos primeiros tempos, de um estar bem e um outro mal e, sem poder nos aguentar, acabarmos alternadamente chorando bastante. Podíamos agora compartilhar com igual melancolia os momentos difíceis que cada um de nós acumulara.

— Vamos então definir a data de nossa viagem a Kyushu no início do outono.

Havíamos nos tornado uma família capaz de ter esse tipo de conversa casual.

Desde a morte de Yoichi, o relacionamento estabelecido por meio do trabalho de preservar seu legado, de início bom apesar de apenas cortês, tornou-se aos poucos lindamente transparente. Diferia de uma flor artificial ou seca. Era um lindo espaço renovado por ter sido reescrito com amor.

— Durma aqui esta noite! Assim poderemos beber com calma até tarde. Amanhã você não precisa se levantar cedo, não é?

A mãe convidava a sério enquanto o pai se mostrava sorridente.

— Posso mesmo aceitar seu amável convite?

Vencida por tanta gentileza, eu acabava pernoitando.

A casa dos pais de Yoichi se situava no subúrbio, e bastaria me descuidar da hora para acabar perdendo o último trem de volta.

Tomei sopa de missô e comi fritada, prato predileto dele, preparados pela mãe, e tomei saquê rindo com o pai.

Tudo era como quando ele estava aqui, os mesmos tira-gostos, os mesmos programas de tevê.

O longo tempo por nós compartilhado nos unira, e eu procurava valorizar de coração esses momentos descontraídos.

Aos olhos deles eu representava uma substituta do filho.

A cada encontro, os dois repetiam sem exageros o quanto minhas visitas os deixavam felizes.

E eu o via também ali, nos pais dele.

Nas mãos, nos gestos, no movimento dos olhos, na textura da pele. Eram sem dúvida partes dele.

Somente quando estava com eles eu notava que me era permitido fazer o tempo parar. E podia me sentir de coração útil a eles quando em muitas situações eu me considerava um ser dispensável.

— Logo dois anos terão se passado. No próximo mês fecharemos o ateliê — disse a mãe.

— Sim, está quase tudo arrumado. Aluguei um depósito para guardar as obras aqui mesmo, e o pessoal de lá se encarregará também do transporte e do gerenciamento básico.

— Não podíamos alugar indefinidamente o ateliê, não é mesmo? Yoichi não ficaria em paz se um outro artista estivesse sendo impedido de usar o espaço. Se dependesse de mim, gostaria que você, Sayo, continuasse a gerenciar o ateliê. Dois anos se passaram num piscar de olhos. Tudo ainda me parece um pesadelo, e é inacreditável como pudemos seguir vivendo nossas vidas normalmente — disse a mãe entre lágrimas.

— Vou continuar gerenciando as obras e vou estar em contato direto com vocês. Garanto que não vão se ver livres de mim tão cedo — afirmei sorrindo.

O que acontecerá comigo quando perder aquele lugar que é o meu porto seguro? Ainda mantenho vínculos com Kyoto, porém, quando não houver mais o ateliê, só deverei ir até lá como turista. Como eu me sentirei? Chorarei ao pegar o ônibus em frente à estação em direção ao Norte? Serei apenas arrebatada pela emoção?

Era impossível prever. Sabia apenas que, quando essa hora chegasse, de alguma forma eu teria de lidar com a situação.

A mãe estendera o futon no quarto de Yoichi. Tomei uma ducha ainda inebriada e fui dormir. No meio da noite acordei de repente com uma sensação estranha.

Ele não estava ali. Por que mesmo?
Apenas nesses momentos a escuridão retornava.
Porém, nos últimos tempos, a escuridão começava logo a se dissipar docemente em meio à atmosfera da vida presente a me envolver. Um dia eu também irei para lá, para aquele lugar. O local era tão nostálgico e belo. Eu me tranquilizava ao evocar isso.

No quarto dele eu tinha a doce impressão de estar ternamente envolvida pela época de sua infância. Na penumbra enxergava imprecisamente a escrivaninha de quando ele era estudante e a velha cômoda de roupas. O que este quarto significava para ele quando jovem? Eu sentia um amor maternal por aquele Yoichi que eu não conhecera.

Como é triste, apenas murmurei, e adormeci sem chorar.

Apesar da tristeza, nada restava agora que eu pudesse fazer. Eu repetia isso como um mantra.

Ao acordar pela manhã, um aroma delicioso de café exalava por toda a casa. A mãe preparara para mim uma omelete carregada na manteiga. O pai já havia saído para o trabalho.

— Dormiu bem? — me perguntou a mãe dele com sua voz baixa e gentil. Yoichi certamente deve ter ouvido inúmeras vezes essa mesma pergunta.

— Sim, descansei muitíssimo bem. Em outros lugares fico tensa, mas aqui consigo dormir como uma pedra — eu disse.

— Apareça de vez em quando para recarregar as energias. Nós nos sentimos solitários — convidou a mãe.

— Não faça cerimônia. Venha mesmo se porventura se casar e tiver filhos. Porque você já faz parte da família, Sayo, e meu filho ainda permanece na sua vida. Falo sério realmente. Meu marido me aconselhou a evitar dizer esse tipo de coisa, para você não acabar sentindo um peso por viver uma nova vida. Na opinião dele, seria melhor para você esquecer Yoichi, por mais que isso nos entristeça.

"Se você vier trazendo seu bebê, pode estar certa de que nós cuidaremos dele com muito carinho, como se fosse o nosso netinho, e poderemos observar seu crescimento. Isso é agora para mim o único futuro, a única esperança. Ter você como filha é uma prova de que estou viva. Meu marido não entende a dor de uma mãe por perder seu único filho. Mesmo Yoichi viajando muito, morando em Kyoto e desde cedo raramente parando em casa, há uma diferença brutal entre ele estar e não mais estar neste mundo. Toda a nossa alegria futura desapareceu e ainda estamos desnorteados!"

Ela repetia esse discurso. Insistia no quanto essa situação era pesada para mim e se valia disso como justificativa para desabafar. Eu não me irritava com isso. Os pais de Yoichi sempre se preocupavam se não seria uma infelicidade para mim eles me prenderem nessa delicada posição de membro da família.

— Também me apeguei muito a vocês dois. Por isso não é um fardo para mim. Será um prazer se eu puder manter este nosso relacionamento. Falo de coração.

Eu não podia deixar de pensar que as obras de Yoichi haviam sido produzidas justamente por ele ter nascido e sido criado por pessoas tão sinceras.

Meu nome consta também nos papéis oficiais da herança, o que provavelmente me fará estar a cargo da proteção das obras dele pelo resto da vida. De início meus pais consideraram isso algo triste e negativo porque me amarraria ao passado, mas agora se mostram até agradecidos. Porque, ao contrário de me desanimar, isso serviu de incentivo em minha vida e me fez trabalhar com todo o afinco.

Para mim, que mais do que qualquer outra pessoa no mundo amava as obras dele, ocupar-me delas representava algo como um vínculo honorário sem o qual minha vida não poderia ser descrita. Não era uma ferida que eu devesse esquecer.

*

Inicialmente meus pais se opuseram ao nosso casamento alegando ser a ocupação de um artista por demais instável, tanto em termos de renda quanto na maneira de viver.

As obras de Yoichi, produzidas numa combinação de ferro e madeira, eram muito bem aceitas no exterior, sendo expostas de forma permanente em diversos parques e museus ao redor do mundo. No Japão, no entanto, ele era um completo desconhecido. O mesmo ocorria com seu professor da época em que estudara na Itália, apesar de ser um escultor de renome.

Meus pais por fim foram obrigados a aceitar nosso relacionamento, mas no fundo torciam pela nossa separação. Nessa época, um pintor de quadros ao estilo tradicional japonês, residente em Kyoto, subitamente, por algum motivo, alugou a Yoichi quase de graça um espaçoso ateliê de sua propriedade. Meus pais supuseram que a partida de Yoichi de Tóquio tornaria a nossa separação inevitável.

Por ser mais cômodo, preferi ocultar deles nosso relacionamento. Tampouco lhes contei que eu, fluente em inglês, havia tempos ajudava Yoichi no gerenciamento de seu trabalho.

Receber de repente uma ligação do setor de emergência de um hospital de Kyoto já seria para meus pais um espanto, mas devem ter se surpreendido e se irritado ao descobrir que secretamente meu relacionamento íntimo com Yoichi continuava firme e forte.

Meus pais afinal entenderam tudo ao ver os pais de Yoichi chorando abraçados a mim; o pai dele, convulsivamente.

A morte dele fez dissipar todas as preocupações.

Quando dei por mim eu havia me tornado uma mulher com o coração em frangalhos pela morte do namorado e com todo o corpo coberto de ferimentos, que criavam em mim uma estranha distinção. A princípio deixei o apartamento onde morava sozinha e retornei para a casa dos meus pais. Durante minha longa ausência entre internação e recuperação, o restaurante italiano onde eu trabalhara por longos anos foi à falência. Seja como for, num piscar de olhos me transformei num ser humano comparável a uma folha de papel em branco.

Eu não entrei em depressão. Minha vida cotidiana não me deu tempo para isso.

Haveria neste mundo pessoas abençoadas com a oportunidade de ter a vida transformada em uma folha de papel em branco?

Evidentemente era inimaginável minha tristeza provocada pela ausência dele. Porém, após transpor esse período de abatimento, foi inusitado ver surgir subitamente em mim uma sensação de admirável clareza.

Hoje, por mais que me esforce para lembrar, não me recordo mais daquele período no fundo do poço e da minha condição física degradada. E asseguro com tranquilidade que essa mudança tem relação com o ferimento em minha cabeça.

Tão logo me recuperei fisicamente, a pedido dos pais de Yoichi iniciei o gerenciamento das esculturas e dos livros de sua autoria. Isso porque na época ninguém melhor do que eu conhecia tão bem o catálogo de suas obras, uma vez que desde o início eu as administrara. Assim, vi-me finalmente liberta da condição de uma folha de papel em branco. Durante minha internação hospitalar eu me tornara desempregada em Tóquio, e esse novo trabalho se afigurou uma grande dádiva para mim.

Como havia coisas impossíveis de resolver por e-mail, eu ia em geral uma vez por mês de Tóquio até Kyoto, dava uma passada no ateliê para limpá-lo, arejá-lo, e levava para casa as tarefas administrativas. Deixava as coisas em ordem, conversava com os pais dele e, aos poucos, criava um sistema para facilitar dali em diante a organização dos dados relativos às obras instaladas em praças, parques e museus de arte no Japão e no exterior.

A mãe dele elaborou com desvelo um documento pelo qual eu seria responsável pelo ateliê até a sua devolução final ao proprietário, receberia todas as receitas das possíveis vendas e, se não fosse para mim um incômodo, a titularidade de todas as obras poderia ser transferida para o meu nome.

No início foi o trabalho de um espírito num ateliê assombrado por outros espíritos. Metade de mim, que entrava e saía dali, era também um espírito realizando um trabalho que não era deste mundo.

No entanto, nada havia de efêmero nisso graças às obras ainda estarem vivas aqui e ali, em parques, nos saguões de hotéis ou nos jardins de museus de arte. Cada escultura criada por Yoichi manifestava fortemente o brilho das cores de sua vida, e o simples fato de eu ir atrás delas tornava cada vez mais clara a realidade do meu trabalho.

As obras dele não eram ele. Porém, elas tinham vida própria e o conectavam, apesar de morto, à realidade atual. Cheguei mesmo a perceber circulando nelas uma energia equivalente à de uma criatura viva. Suas obras eram nossos filhos, eram como cães de estimação que viviam felizes em seus respectivos ambientes, sendo amados por todos.

Como explicar essa sensação confortável? Quando pela primeira vez retornei ao quarto dele, estava ciente de que me debulharia em lágrimas.

Na realidade, chorei muito durante o primeiro ano.

Quando pela primeira vez desde sua morte fui com sua mãe ao ateliê, praticamente todos os seus pertences pessoais haviam sido retirados.

Visivelmente os pais o fizeram em respeito aos meus sentimentos, mas tudo era triste, e, chorando, gastei uma hora tomando café na sua xícara predileta. Era como se eu engolisse forçosamente até as lembranças de quando íamos juntos comprar café em grãos.

Para piorar, a silhueta dele de costas era muito parecida com a da mãe.

Viam-se as montanhas pela janela. Era possível ver também o monte Daimonji. Ouvi, como sempre, as vozes das crianças de uma escola das redondezas, mas subitamente me dei conta de algo.

Embora as vozes soassem semelhantes, certamente as crianças não eram as mesmas: algumas se formaram, outras ingressaram no ensino médio, houve substituições sem dúvida. As células do meu corpo tampouco eram as mesmas daquela época, a maioria tendo sido substituída por outras. Por isso, cada momento é único, pensei.

Além disso, era provável que minha alma tivesse percebido. Que nós dois não nos casaríamos, que não envelheceríamos juntos, que ele partiria antes de mim. Quando estávamos juntos, sentia que de alguma forma tudo seria passageiro, e por haver esse distanciamento mútuo, praticamente não brigávamos. Justamente por estarmos conscientes disso, havia uma serenidade quase improvável, uma ausência de arrependimentos e um espaço no qual nos sentíamos plenos e felizes.

A partir da próxima vez virei sozinha, decidi tentando apaziguar a minha dor.

Aqui é o meu novo local de trabalho. Não vou cometer exageros, mas tampouco fugir. E essa serena decisão me preenchia.

*

Depois disso, por vezes eu me pegava de repente chorando a cada nova ida a Kyoto. Em momentos como ao anoitecer, enquanto flanava sob uma luz dourada na volta do banho público, envolta na ilusão de que ele estaria logicamente no ateliê quando eu retornasse.

Podia rever muitas vezes a cena em meio a uma sensação peculiar semelhante a uma dolorosa comichão no peito.

Subo as escadas, ouço para além da porta destrancada uma música em volume alto. Abro a porta, diviso as costas dele, ele se vira, eu digo "Estou de volta".

Ocupado com algo, ele abre um discreto sorriso e apenas acena com a cabeça. Meu coração se apazigua ao vê-lo fazer esse gesto.

"Estou de volta." *Que saudação maravilhosa*, pensei.

Saindo do banho público à noitinha, sentindo-me revigorada, ao retornar a passos lentos por um mundo impregnado pela beleza do pôr do sol, agradecia toda vez aos deuses pela felicidade em poder pronunciar aquelas palavras.

Bastava pensar nisso e as lágrimas brotavam num choro infantil.

Comparado a outros locais onde eu chorava, o ateliê era um lugar feliz, pois era como se eu pudesse me sentir ali envolvida por ele.

Enquanto eu chorava e chorava, obviamente as pessoas continuavam a demandar as obras dele.

Embora ele não estivesse mais entre nós, eu experimentava um sentimento de completude por estar dando continuidade ao trabalho dele. Quando sabiam que eu viera sozinha, nossos amigos de Kyoto também costumavam aparecer no ateliê para me convidar para comermos algo ou tomar um drinque juntos.

Também quando Yoichi era vivo, sempre havia alguém vindo ajudá-lo no ateliê, ou estudantes da faculdade apareciam em busca de conselhos. Como ele praticamente não bebia, os encontros nunca se transformavam em uma festa, e, assim, quando ele começava a se concentrar no trabalho, todos acabavam discretamente se retirando.

Ele era popular como o meu avô, mas depois de sua morte tive a felicidade semelhante a uma luz cálida de finalmente tê-lo exclusivamente para mim.

Eu continuava a viver esses dias semiplenos, mas despreocupados, desfrutando-os como se chupasse balas.

Ainda havia doçura, ainda havia fragmentos. Fracionando a doçura em pedaços menores eu podia saboreá-la para sempre a cada novo dia, e isso era bom. Não esperava demais da vida, já não pensava mais em casar ou ter filhos. Só havia o agora, para fazer hoje uma deliciosa refeição, para tomar hoje um trago. E para conhecer a alegria de dormir serena após voltar ligeiramente entorpecida pela bebida, mas sã e salva à noite.

*

— Sayo, você certamente deixou cair o seu *mabui* no momento do acidente.

Shingaki, o dono do Shirishiri, bar que eu costumava frequentar, me disse isso certa noite me olhando bem dentro dos olhos.

Shirishiri não tem relação com *oshiri*, nádegas. É a denominação de um método de ralar verduras característico da culinária de Okinawa. Segundo me contou o dono, ele batizou o bar com esse nome devido ao famoso petisco *shirishiri* de melão amargo, um tiro e queda para ressacas.

Quando estava quase concluindo o período de reabilitação, eu comunicava aos meus pais num tom descolado: "Estou indo tomar umas biritas para desinfetar os ferimentos." Minhas visitas ao bar okinawano da vizinhança se tornaram rotineiras. Quando nos últimos tempos eu permanecia em casa à noite, minha mãe caçoava comigo perguntando toda risonha: "Hoje você não vai se desinfetar?"

Logicamente eu não usava o dinheiro dos meus pais para beber. Eu tinha uma poupança acumulada para as despesas do meu casamento. E como eu não pretendia mais me casar, precisava gastá-la.

Toda noite eu depositava dois mil ienes sobre o balcão e pedia a Shingaki para me dar bebida no equivalente a esse valor. Continuava a fisioterapia com afinco, me movimentando e correndo para fortalecer a musculatura das pernas atrofiadas como um par de caniços durante minha longa internação hospitalar. Por isso, bebidas alcoólicas estavam proibidas.

— O que significa *mabui?* — perguntei.

— É como designamos a alma. Em Okinawa, quando se deixa cair seu *mabui*, é preciso ir até o local onde isso ocorreu para resgatá-lo!

Shingaki falou sobre esse negócio misterioso de um jeito despreocupado.

— Por que você acha isso? Ah, entendi. Deve ser por causa do meu cabelo curto esquisito e da cicatriz na cabeça — eu ri.

— Claro que não. É apenas porque você está com uma cara de quem perdeu seu *mabui* — declarou Shingaki.

Vou com frequência a Kyoto, onde eu teria perdido meu *mabui*, mas nunca retornei ao local do acidente. Por isso, não via possibilidade de reaver meu espírito.

Mas isso não me importava.

Também pelo fato de não ser infinita, nossa história de amor em Kyoto foi tão linda que não me deixou arrependimentos.

A paisagem era cintilante e cada instante parecia existir em função do nosso amor. Para além dos edifícios viam-se as montanhas; para além do rio, a cidade velha. As luzes e o vento imprimiam a esse amor cores quase inacreditáveis de tão lindas.

Quando nos cansávamos das tarefas, subíamos a montanha pelo estreito caminho de Ota, a partir de um acesso que ficava nos fundos do ateliê. De um local elevado admirávamos displicentemente por entre as árvores a estimulante paisagem. A cidade resplandecia dourada sob o sol com as sombras das nuvens passando uma após outra. À medida que distraidamente a admirávamos, esquecíamos do tempo, e nossos diversos cansaços se dissipavam.

Por ter visto tantas coisas maravilhosas em Kyoto, às vezes me pego acreditando que tudo não passou de um sonho.

— Quem sabe um dia eu tente resgatar meu *mabui* — disse. — Mas não agora. No momento me acho bem assim como estou.

— Olha, Sayo, deixando de lado o *mabui*, você não voltará a ser como era antes. Seus olhos estão diferentes. São absolutamente os de uma xamã *yuta* de Okinawa — comentou Shingaki.

Ele falou isso num tom tão natural que assenti com a cabeça de modo igualmente espontâneo.

Na penumbra do bar tocavam-se rocks dos anos 1970. Era um lugar que fazia esquecer o tempo presente, e justamente por isso era bastante descontraído. Convenci-me disso enquanto bebia meu saquê *awamori* puro, junto com água.

Provavelmente por conta do ferimento em minha cabeça, depois do acidente eu não parava de ver coisas estranhas. Desde aquela época comecei a poder enxergar diante de meus olhos diversas cores e pessoas semitransparentes, que na realidade não existiam. Jamais acreditara em espíritos ou me interessara por esse tipo de coisa, e não fazia ideia de por que eu podia enxergá-los. Apenas me resignei a ter essas visões vez por outra. Ignorava se seriam alucinações ou se eu estaria enlouquecendo.

Porém, desconhecia as táticas para fazer com que os espíritos nos fizessem atingir o nirvana, e, uma vez que eles nunca vinham conversar comigo, era improvável transformar isso num negócio para garantir a minha subsistência. Eu apenas os observava.

Nessa condição, o máximo que poderia fazer era reler *A história do pequeno Hanada* e *Eu os vejo*. Talvez houvesse algo além disso que eu pudesse fazer, mas já não suportava mais hospitais e não pretendia voltar para um deles.

Surpreendi-me ao ver como esses dois mangás me serviram de referência.

Ter consciência de não estar sozinha me deixou mais aliviada.

A minha semelhança com Hanada, o menino de cabelos raspados capaz de ver espíritos, de alguma forma me trouxe alento, e a história da desenhista de mangás que aparentemente via coisas muito mais assustadoras do que as que eu via estranhamente me tranquilizou por me conscientizar da existência de pessoas mais experientes do que eu nesses assuntos. Eu não passava de uma amadora. Os escritores desses mangás com certeza não são loucos, por isso imaginei que deveria aceitar minhas visões pondo de lado qualquer racionalidade.

Essa noite eu também vi.

A mulher de longos cabelos sentada na outra extremidade do balcão acompanhava o ritmo da melodia. Mas ela não pertencia a este mundo.

Eu a olhava fixamente e ela também passou a me encarar.

Que diabos está acontecendo? Se você pode estar aqui, venha, meu namorado morto, se sentar ao meu lado!, pensei. Porém, ele devia estar repousando em plena paz, pois não apareceu uma vez sequer. Nem mesmo nos meus sonhos.

Os olhos negros da mulher eram inexpressivos e distantes, e uma imensa tristeza me invadiu quando pensei em Yoichi vagando por aí com olhos parecidos. Mas levando em conta seu histórico de vida cheguei à conclusão, sem dúvida, do quão improvável isso seria.

Mesmo vindo se divertir neste mundo, ele não passaria pela minha casa. Diante de uma obra em andamento, provavelmente se afligiria sobre como fazer para concluí-la, ou, quem sabe, discutiria com os jovens assistentes como aprimorar detalhes em trabalhos finalizados. Caí na risada ao imaginar a cena.

Há diversas formas de vida, mas sinto-me feliz de coração por estarmos nos amando quando nos separamos, por eu ter abraçado meu cachorro de estimação a um passo do paraíso, e por meu avô ter me conduzido de volta para cá em sua Harley. Tenho a impressão de que o ferimento na cabeça talvez seja o motivo de eu ter vivenciado tanta felicidade, e contanto que não sofresse não havia por que reclamar.

— Sayo, você com certeza irá recuperar seu *mabui* no momento certo — declarou Shingai, exibindo seus dentes bem alvos.

Nascido e criado em uma cidadezinha onde havia sido instalada uma base naval americana, ele veio para Tóquio quando estava na casa dos trinta; durante um tempo talvez tenha perambulado sem objetivo definido, e em algum momento aquela mulher deve ter se apaixonado por ele.

Todos carregamos inúmeros fardos ao longo da vida. É possível distinguir à primeira vista aquelas pessoas que, desanimadas, quase não os carregam. Elas me parecem estranhos robôs. Apenas os que carregaram fardos têm cor e se movimentam delicada e graciosamente. Por isso, eu me dei conta de como foi bom para mim acabar carregando esse peso. Enquanto estiver viva desejo me movimentar delicada e graciosamente.

*

Quando retorno embriagada para casa, em geral meus pais já estão dormindo.

Mesmo me embebedando todas as noites, acordo cedo de manhã, troco de roupa e vou correr. Enquanto preparo o café da manhã para nós três, meus pais se mantêm calados.

Peguei um suco de toranja do refrigerador e bebi em grandes goles.

Não poderia explicar exatamente, mas desde a morte dele sinto que metade de mim se transformou num homem.

Ele tinha morrido, mas era como se ocupasse metade do meu ser.

Torcia para ter engravidado quando fizemos amor pela última vez. A ponto de me doer a cabeça. Porém, parece ser uma regra geral neste mundo que, quando se anseia por algo com extremado fervor, ao contrário, o desejo na maioria dos casos não se concretiza. Também era incerto na época se o fato de eu ter tido uma barra cravada no meu ventre me impediria de manter uma gestação.

A barra não lesionou o meu útero, mas eu tampouco engravidara.

Uma menstruação tão tristonha só deve ocorrer uma vez na vida. *Ah, ela chegou,* pensei, e nesse momento todos os meus sonhos se esfacelaram.

Minha maior dor aconteceu naquele dia dentro do banheiro.

Na medida em que várias gotas de sangue se alastravam pela água, fui dominada por uma enorme tristeza. Senti tudo terminando ali. Esvaíra-se minha última esperança. Sentei desanimada no vaso sanitário e durante duas horas me faltaram forças para sair do banheiro. As lágrimas também não vieram. *Não me importo de continuar aqui por toda a vida, sem poder me mover até morrer, sem forças para caminhar* — foi o que pensei. Porém, meu corpo pareceu ter por fim percebido o quão exíguo era o espaço e, por conta própria, se levantou com vagar, saiu e me conduziu até a cama de meu quarto. A partir daquele dia meu corpo e meu coração pareciam ter se dissociado.

Percebi que aquela fora a última época em que eu havia sido genuinamente mulher.

Depois disso, durante um tempo, era como se a realidade racional e cheia de exigências tivesse posto a mim e ao meu desânimo de lado, e tivesse prosseguido independentemente, de braços dados com meu corpo. Ou seja, a realidade fora colocada no piloto automático acompanhando o ritmo do corpo enquanto deixava meu coração em estado precário repousar.

E essa cisão funcionou maravilhosamente bem. Aos poucos, o coração ia se curando, sem pressa. Pude desistir de uma vida dedicada a criar um filho de Yoichi. Eu mesma duvidava se seria capaz disso.

Por fim, quando o coração conseguiu alcançar o corpo, percebi algo. Ah, então era isso: meu corpo se esforçava, e por isso meu coração pôde descansar. Que coisa! Peço desculpas a você, meu corpo, pelas minhas palavras desdenhosas, por tê-lo tratado com tanta indiferença, afinal eu estou viva graças ao seu fantástico mecanismo.

Depois que esse sentimento de gratidão aflorou em mim tudo se tornou maravilhoso. Sentia o suco de toranja ácido, porém gostoso. Meu corpo transmitia sua alegria por meio dessas pequenas sensações. E eu me emocionava a cada vez com a compaixão demonstrada pelo meu corpo para comigo.

Viver o presente é algo bonito de ouvir, mas talvez signifique meramente se tornar um tolo e parar de raciocinar.

Meus pais dizem que não preciso me dar ao trabalho de preparar o desjejum.

Afirmam que em algum momento devo voltar a viver sozinha, mas que não há problema em por enquanto eu morar com eles, que tudo está bem porque o seguro cobriu as despesas médicas, enfim, que não represento um peso para eles.

Contudo, ao recobrar a consciência e ver a expressão no rosto dos dois, decidi que precisava fazer algo por eles. Nunca imaginaria que alguém pudesse olhar para mim daquele jeito. Estou convicta de que na manhã do dia de meu nascimento os dois me olharam daquela mesma forma. É inacreditável algo tão maravilhoso ter ocorrido.

E quando penso ser essa uma parte da história iniciada com meu avô, que encontrei no outro mundo, surge em minha mente a imagem de toda a vida se diluindo dentro de uma cor rosa. Viemos de lá e para lá voltaremos. Sim, até a parede no interior do útero certamente é toda dessa cor.

Eu me via sendo de fato curada pelo inestimável interesse de meus pais, me observando e desejando que eu estivesse viva, caindo sobre mim como uma ducha de água. Um fluxo semelhante a um arco-íris formado por diversas cores vertia sobre mim e em alguns dias isso aliviava minhas dores.

Mesmo sendo um sonho ou uma ilusão criada em meu cérebro pelos medicamentos, após meu retorno daquele mundo cheguei a me convencer de que a chave de tudo era o arco-íris. Eu o vi pela janela do hospital e chorei copiosamente, certa de que ele era a ponte ligando o paraíso à terra.

E começar a ter diversas visões não foi de todo ruim. Porque passei a ver coisas fantásticas.

Quando de madrugada, na cozinha, um pouco embriagada, olhava fixamente para a porta do quarto onde meus pais dormiam, eu sentia que a paz atual não era algo etéreo e que estar consciente de minha transitoriedade estava longe de ser algo tão negativo. Identifiquei a chama da vida ardendo dentro de mim. Como água fervilhando bem abaixo do umbigo.

Não sei ao certo, mas estou viva, por isso pretendo viver, viverei! Pensando assim me mantive fora daquele mundo onde as almas repousam.

Isso porque eu não perdera somente Yoichi, mas eu mesma estivera prestes a morrer.

O fato de eu ter me encontrado apenas com meu cão de estimação e meu avô me mostrou que, por mais que duas pessoas se amassem, no fim uma delas teria de partir só e tomar decisões por si própria. Quando chegar a minha hora, somente levarei as marcas que Yoichi deixou em mim. Apenas as lembranças alegres. Em outras palavras, apenas as coisas que ninguém poderia tirar de mim.

Por entender isso pude viver o agora.

Éramos tão ligados um ao outro que eu desejava pelo menos ter podido no final me despedir dele — nos momentos, porém, em que eu pensava assim, tudo se dissolvia dentro de uma névoa branca e eu permanecia sem entender. Dois anos haviam se passado num piscar de olhos, e eu continuava a repeti-lo.

Não era tristeza nem solidão. Era apenas a impressão de ter sido esmagada por uma força brutal em direção à morte e de isso ter servido para me abrir bem os olhos.

Compreendia minha mudança. Jamais voltaria a ser quem eu fora um dia. O mundo não é uma linha reta do nascimento à morte. Ir à escola, se formar, trabalhar, casar, ter filhos, criá-los, envelhecer, morrer. Apesar de parecer ainda estar em meio a esse fluxo, na realidade eu não estava mais. O que seria essa insólita sensação? Parecia uma mudança de dimensão, uma sensação luminosa de se ter executado um movimento completo.

*

Creio que tanto eu quanto ele tínhamos noção de que aquela seria nossa última manhã juntos.

Havíamos feito amor na noite precedente, então apenas dormimos agarrados um ao outro, tivemos lindos sonhos e despertamos.

No dia anterior, caminhamos da tardinha até a noite pela margem do rio Kamo, descansando por vezes para contemplar a montanha. Assim mesmo percorremos uma distância considerável apreciando o rio com seus contornos turvados pelo lusco-fusco. Em Demachiyanagi nos divertimos caminhando pela fileira de pedras até a margem oposta, envoltos pela penumbra. Depois, subimos ao longo do rio até um restaurante no segundo andar de um prédio próximo a uma famosa doceria especializada em *daifuku*. Fizemos ali um lanche leve com vinhos e canapés antes de retornarmos de ônibus para casa. Por tudo isso, quando deitamos, nossas pernas estavam pesadas de cansaço. Era uma fadiga agradável. Em Kyoto sempre se acaba caminhando muito pelas margens dos rios.

Nós contemplamos a claridade da aurora enrolados num futon na temperatura ideal.

Era uma manhã como tantas outras, e a partir dali deveria haver muitas iguais àquela.

E, como sempre, ele logo se levantaria e prepararia o café.

Mesmo fora da estação, para além da janela as minirrosas floresciam em abundância. *O vermelho contrasta estranhamente com o céu azul. Parece o fim do mundo*, pensei.

"Sabe, acabei de sonhar com um campo de flores", contou ele tão logo se levantou.

As lágrimas rolavam de seus olhos.

"Se era um lindo sonho, qual a razão das lágrimas?", perguntei.

"Não sei", respondeu ele. "Talvez por ser um sonho bom demais. Provavelmente por me encher de felicidade", completou.

Não me esqueço da emoção agradável que experimentei ao ver o adorável formato dos lábios dele pronunciando a palavra *felicidade*.

"De minha parte, sonhei que viajávamos juntos. Estávamos em um restaurante de onde se vislumbrava um magnífico pôr do sol. Alegres, bebíamos vinho branco de uma linda cor dourada e dividíamos uma salada coberta por muitas fatias de presunto cru."

"Que sensação boa, não?", disse ele, enxugando as lágrimas.

"Talvez fosse o sonho de nossa viagem de lua de mel", eu ri.

Havia entre nós intimidade suficiente para que eu me permitisse sugerir isso sorrindo.

"Com certeza era na Itália. Em breve vamos concretizar esse sonho. Quero voltar lá em lua de mel", disse ele.

"Hum, em breve", falei. "Desde que você se mudou para este ateliê temos estado ocupados sem conseguir viajar."

Apesar de nossos lindos sonhos, sentíamos certa melancolia, não conseguíamos nos separar, permanecíamos o tempo todo colados um no outro. Talvez ele tivesse outros pensamentos. Porém, seja como for, por mais que nossas sensações fossem diferentes, trazíamos para debaixo das cobertas uma mesma intensidade. Tínhamos o estranho pressentimento de que algo se aproximava com força, de que apenas naquele momento estaríamos seguros.

"Depois de levantar, aonde vamos? Hoje é dia de descanso", disse ele para afugentar essa intuição.

"Quero comer frituras no Okiniya. É um pouco longe, mas hoje estou com vontade de almoçar lá", eu disse.

"Eu levo você no final da tarde até a estação do trem-bala. Mesmo indo ao Okiniya ainda dá tempo", disse ele.

"Também não seria nada mal irmos às termas em Kurama durante o dia. Será que está muito quente?", sugeri.

"Ah, as termas de Kurama. Vamos, sim, quero muito ir!"

Sem dúvida ele falou dessa forma. Certamente ele aceitava docemente o destino, e por sua vez o destino também o aceitava docemente.

Sempre que discutíamos aonde ir, sentia a cidade de Kyoto cuidando bem de nós. A Kyoto de dois pobretões, sem restaurantes de luxo ou gueixas.

Passeando por Arashiyama, na entrada da área de Hoshinoya tínhamos a visão da iluminação e de um lindo edifício, da vegetação verdejante e do rio fluindo diante de nossos olhos. Enquanto éramos picados pelos mosquitos, encantados, combinamos passar uma noite ali no futuro.

No incrível antigo bar Detetive, eu bebia, já que não iria dirigir, enquanto ele comia um prato com curry. Batemos papo com vários outros clientes e, antes de partirmos, visitamos no andar de cima um dos quartos que parecia abandonado, passando por uma porta secreta, o que nos deixou excitados como se estivéssemos mesmo numa história de detetive.

No Okiniya, comíamos em silêncio no balcão conversando calmamente com o proprietário, depois examinávamos durante horas os livros raros da livraria Gake.

Fazíamos todas essas coisas juntos sempre com ares de estudantes.

Ele era uma pessoa muito dedicada ao trabalho, mas a experiência em diversas atividades temporárias e como assistente na área artística o ensinou a dissimular com habilidade os altos e baixos do temperamento próprio dos artistas, e quase não deixava transparecer indiscriminadamente suas aflições.

Na realidade, nem nos cafés, nos bares, em lindos albergues ou nos seus deliciosos desjejuns... Ele não demonstrava interesse por essas coisas, e creio que apenas gentilmente me acompanhava. Porém, eu de fato não necessitava de nada disso. Bastava para mim estar ao lado dele.

Não guardo rancor, tudo desapareceu, fiquei sozinha. Ainda que me enfurecesse, de nada adiantaria.

Fui deixada só, uma folha de papel em branco supensa no vazio.

*

Todas as manhãs eu corria pelo caminho ladeado de árvores e, enxugando o suor, comprava pão para mim e meus pais na padaria da vizinhança. Eu me alegrava só de pensar no que escolheria para levar para casa dentre os diversos pães do dia dessa pequena padaria francesa.

Quando iniciava a caminhada de recuperação da corrida, passava diante desse prédio residencial.

O edifício estava em péssimas condições e, parecendo desabitado, dava a impressão de que não demoraria muito para ser demolido. Nele chamava a atenção a austera placa de cerâmica onde estava inscrito "Residencial Kanayama".

Eu nunca vira um morador do prédio, mas percebera no apartamento de canto do andar superior o espírito de uma mulher. Quando eu notava de repente sua silhueta à janela e erguia os olhos, ela invariavelmente estava sorrindo. Nunca tinha visto um espírito semelhante.

Nossos olhares nunca se cruzaram, e tampouco a vi em algum momento se mover.

Ao olhar de repente para cima, ela estava encostada ao umbral da janela com seus cabelos ondulados caindo até os ombros e sorrindo.

Esse sorriso era totalmente diferente do dos outros espíritos que eu costumava ver pelas ruas.

Enquanto os outros passavam a impressão de pensar coisas como "Minha vida acabou, tudo se perdeu, é tão angustiante", o rosto dela parecia dizer "O que vou comer hoje?" ou "Qual roupa vou usar no meu encontro esta noite?".

Se tinha uma expressão tão sorridente, por que então ela não repousava em paz? Pelo visto, também havia espíritos assim como ela.

Essa era minha maior dúvida, mas ignorando o motivo eu apenas me sentia revigorada ao admirar vagamente o seu rosto sorridente. Eu procurava não dar importância, uma vez que parecia haver no mundo dos espíritos muitas coisas destituídas de coerência.

Gostei do ar dela, de quem quisesse demonstrar apenas seu desejo de relaxar.

Ver espíritos já seria por si só algo muito enigmático, que dirá então simpatizar com eles.

É o fim da picada se sentir revigorada por um deles, mas vendo seu rosto de traços delicados e seu corpo esquálido e miúdo, eu sentia que todo esse negócio de viver e morrer não parecia ser tão ruim. Tive essa percepção enquanto a cidade despertava pela manhã.

Não me importava se essa sensação me fosse provocada por uma pessoa viva ou morta.

Quem era ela? Por que estava naquele lugar?

De alguma forma comecei a me interessar por aquela pessoa que, apesar de não ser deste mundo, era parte constante da paisagem.

Provavelmente ela um dia acabaria desaparecendo, mas se ela era capaz de permanecer daquela forma risonha, decerto sua vida não teria sido ruim, eu supunha, e isso consolava profundamente meu coração mais do que qualquer outra coisa.

Eram dias estranhos em que eu era machucada por um espírito enquanto outro me reconfortava.

Ela não reagia quando eu lhe abria um discreto sorriso, limitando-se a me olhar e a continuar a sorrir como se não fizesse distinção entre mim e a rua.

Sua atitude me tranquilizou por me fazer sentir que eu e o mundo formávamos um único corpo; que eu não era vista como uma grande sofredora; e que eu me misturava adequadamente às pessoas e podia me incorporar à paisagem.

*

Shingaki não se esforçava para me dar bebida em volume equivalente aos dois mil ienes que eu colocava sobre o balcão.

Verificando primeiro meu grau de embriaguez, demorava-se de propósito a me servir um novo drinque. Saltava aos olhos que ele se preocupava comigo. Com frequência me dizia: "É ruim para os negócios se a saúde dos clientes habituais se deteriorar. Desejo que meus clientes regulares gozem de boa saúde por muito tempo." Foi ele quem me incentivou a correr pela manhã. Ele comentava com vários clientes que quando a corrida matinal vira um hábito deixa-se de beber em excesso.

Quando a conta ficava abaixo dos dois mil ienes, ele depositava a diferença em um cofrinho com formato da boneca Billiken que mantinha no restaurante e no qual escrevera com caneta marcadora "Poupança da Sayo", apesar de eu insistir para ele ficar com o dinheiro como gorjeta pela atenção constante que me dispensava.

Depois do acidente percebi pela primeira vez de verdade como pequenos gestos como aquele consolidam um relacionamento humano. Não são as conversas noite adentro, dormir ou viajar juntos, mas as gentilezas mútuas quase imperceptíveis que aos poucos, na vida diária, permitem formar o sólido castelo da confiança. Na época em que, muito jovem, eu tinha vigor para dar e vender, não percebia esses detalhes tênues das relações humanas.

Se Shingaki fosse do tipo sem consideração, procurando fazer o cliente beber mais um trago somente para abocanhar algumas centenas de ienes, seu bar não teria durado tanto tempo. O nível dos clientes também seria pior. Por ser um local bastante discreto e por eu não querer me expor muito ao olhar das pessoas, comecei a frequentá-lo. Somente bem mais tarde me dei conta desse lado positivo do bar.

Só percebi isso pelo fato de vir beber sozinha.

Quando se está só e mais tenso, por mais que seja um bar onde se possa estar tranquilo, fica-se um pouco alerta como se houvesse um olho em nossas costas. Por isso mesmo, acaba-se percebendo em detalhes várias coisas que de outra forma poderiam passar despercebidas. Quando se sai com os amigos, enquanto se bebe e conversa, acaba-se perdendo de vista movimentos do coração expressos nos pequenos gestos de diversas pessoas.

Antes do acidente era impensável para mim sair para beber sozinha.

Com a cabeça raspada quase a zero e trajando roupas de estilo masculino, vista de qualquer ângulo eu agora parecia uma lésbica ativa, e sem ter ares em absoluto de quem se interessasse por homens, raramente eu era alvo de uma cantada, mas mesmo quando isso acontecia eu levava numa boa. Sentia-me por completo indiferente.

Nos últimos anos, quando eu não tinha trabalho temporário, costumava ir com frequência a Kyoto, onde tinha alguns amigos íntimos, mas em Tóquio estava sempre em hospitais e praticamente não me encontrava de modo regular com ninguém.

Até ter ficado mal, não me dava conta de que o corpo podia se apiedar e agir em lugar da alma. Agora, depois de curada, era incrível como meu corpo sempre me impedia de beber em excesso e de pensar muito em Yoichi, me fazia dormir involuntariamente e estendia meus braços para a frente me ajudando quando eu estava distraída e arriscava cair.

Não apenas não prestara atenção até agora a esse meu corpo como fui terrivelmente arrogante para com esse único recipiente que a vida me deu quando a barra nele se cravou, ou quando o responsabilizei por eu não ter engravidado.

Mesmo muito agradecida ao meu corpo, naquela época senti a leveza e o conforto do mundo incorpóreo no qual estive por um instante. Recordo-me com clareza da sensação de estar sendo continuamente banhada pelos raios cálidos do sol.

E também dos movimentos trêmulos da luz semelhante a um arco-íris sempre que eu movia as mãos.

E de como eu admirava sem parar tudo isso ao lado do meu cão.

Quando por vezes me pegava pensando que deveria ter continuado naquele lugar maravilhoso, me vinha à mente o rosto do meu avô. O fato de ele aparecer em forma, mesmo incorpóreo, mostra o quanto sua vida foi plena, e me alegrei por poder substituir por essa imagem a de seus últimos dias antes do coma.

Vê-lo chegar tão elegante pilotando sua Harley me deixara extasiada mesmo sendo aquilo apenas um sonho.

Ah, quão belo foi ver meu avô chegar montado em sua motocicleta tendo ao nosso redor um mundo repleto de lindas montanhas, rios, vegetação e o brilho das cores do arco-íris.

Senti naquele instante uma emoção incondicional.

Uma emoção que poderia surgir mesmo nos momentos mais adversos.

Senti meu coração se espalhando luminoso pelo mundo do arco-íris, que o acolheu com a alegria de suas cores.

Claro, foi uma troca mútua de emoções. Como eu estava influenciando este mundo! Ignorava isso. Quando eu brilho, o mundo retribui com um esplendor em intensidade equivalente. Por vezes rapidamente, por vezes lentamente, como uma onda, como um eco.

Por mais insignificante que eu fosse, minhas emoções com certeza faziam movimentar o mundo.

Eu retornei do outro lado sabendo com clareza que no mundo invisível aos olhos isso com certeza acontecia, e que, se mudássemos nossa forma de olhar, seríamos sempre capazes de enxergar essa influência.

Eu voltara transformada num zumbi carregando um tesouro. Não havia outra forma de descrever essa condição muito estranha. Uma criatura rara, nem melhor nem pior do que qualquer outra.

Mas continuamos sendo seres humanos, e a esperança logo cai por terra e o mundo da rotina invariavelmente começa.

O tédio da realidade vai aos poucos corroendo nosso tesouro.

Este mundo vive se alimentando de nossas emoções.

Por isso, nossas emoções são por ele sempre rapidamente usurpadas, e uma maneira de viver de mera aceitação só nos afastará delas. Resta-nos apenas nos reinventar a cada segundo. É uma luta incessante, mas representa, talvez, o único caminho para se encontrar uma vitória definitiva.

Eu conversava bastante com Yoichi sobre isso.

Enquanto estávamos esparramados na cama, saboreando doces, bebericando vinho.

Agora sou só eu, mas ainda consigo devanear aqueles dias.
Ainda pareço ter emoções e sou capaz de compartilhá-las com o mundo.

*

Estranhamente, pela primeira vez eu passava ao entardecer em frente ao Residencial Kanayama, o prédio onde havia o tal espírito. Eu estava indo a uma agência bancária distante de casa efetuar um depósito, algo raro.

Um jovem carregando uma carteira saiu pela porta do prédio, e eu vagamente o vi retirar do estacionamento uma bicicleta. Isso significava que havia pessoas morando ali e não apenas espíritos.

Ao ter esse pensamento, ergui involuntariamente os olhos em direção à janela onde o espírito da mulher costumava ficar. Ela estava ali perscrutando aquela pessoa montando na bicicleta. *Ah, a expressão no rosto dela mudou*, pensei.

O rapaz montado na bicicleta olhou de repente para mim, que espiava o espírito.

Seria natural essa curiosidade dele pela mulher misteriosa de cabelos quase raspados a zero olhando para um apartamento no andar de cima do seu prédio.

Porém, na realidade ele não parecia preocupado.

— Você consegue ver minha mãe? — perguntou ele de uma forma bastante natural.

— Ah... Sim. Você se refere àquela senhora, não? — perguntei apontando para a janela.

— Isso mesmo — respondeu.

— Mas ela tem um ar bem jovial! — eu disse.

— Por alguma razão minha mãe mantém a aparência de quando era jovem. Como ela está? — indagou ele.

— Bem, ela está olhando em nossa direção. Mas em geral está apenas sorridente — respondi, achando nossa conversa completamente sem pé nem cabeça.

— Então ela está sorrindo! — O rosto dele de súbito se iluminou.

Antes de tentar analisar a situação, entendi instintivamente o que ele estaria sentindo naquele momento. Isso porque eu também pensava sempre em como seria maravilhoso poder ver Yoichi. De fato, quanto mais se pensa em ver uma pessoa, menos se consegue vê-la. Talvez porque nos esforcemos tanto para isso.

— Sim, ela parece inacreditavelmente feliz. Eu acabo passando por aqui de manhã só para admirar o rosto sorridente dela — disse, me alegrando por poder ser útil.

Afinal, eu me sentia inútil quando apenas a via.

— Seja como for, é sem dúvida a minha mãe — disse ele, como se me apresentasse a uma pessoa viva.

— Vocês dois com certeza se parecem — afirmei.

No geral, ambos tinham traços delicados, olhos estreitos, um ar inteligente e nobre, mas, ao mesmo tempo, afetuoso.

— Antigamente morava com minha família em Sangenjaya, mas a casa se tornou um pouco apertada para minha mãe, e, como o namorado dela na época trabalhava nestas redondezas, a princípio ela veio morar com ele. Eles alugaram às pressas aquele apartamento do canto, mas um mês depois ela veio a falecer. Sofreu um infarto fulminante. Parecia realmente estar dormindo. Ela já sofria do coração.

— Nossa... Então ela viveu aqui sempre sorridente desse jeito?

— Ela trouxe poucos pertences porque havia acabado de se mudar. Ela passou um breve tempo aqui, mas parecia feliz. Porém, dava a impressão de ter se cansado com a mudança. Foi tudo muito rápido, fiquei atordoado — explicou ele.

— E esse namorado de sua mãe não mora mais aqui? Ele não era seu pai, correto? — perguntei. Apesar de considerar minhas perguntas indiscretas, havia algo no rapaz que me deixava à vontade para fazê-las.

— Meu pai adoeceu e faleceu quando eu e minha irmã éramos pequenos. Minha mãe administrava um prédio e um café-bar deixados por ele e assim ela nos criou. Essa pessoa foi o primeiro namorado firme dela após a morte de meu pai. Foi um choque tão grande para ele, que acabou retornando para a casa de sua família em Yamanashi, e o apartamento permaneceu vazio. É natural. Por ter morado apenas um mês aqui, não teve muitas lembranças do lugar. Eu vim para cá por sentir pena, afinal ela está sozinha — disse ele.

— Mas ela aparenta estar tão feliz que com certeza repousa em paz. Mesmo nessa condição, há pessoas que permanecem neste mundo. Será porque desejam saborear um pouco mais as reminiscências da vida? A propósito, você saiu de dentro do prédio, mas você não mora aqui?

— Moro, mas não naquele apartamento. Por ter sido de minha mãe, de certa forma eu não me sentiria à vontade morando ali — declarou ele com toda a naturalidade. Era como se falasse sobre alguém vivo.

— Entendo... — eu disse.

Tudo aquilo em muito se assemelhava à minha situação, como uma sobreposição, e por isso sentia poder compreender o que lhe ia no coração. Consegui entender,

como se fosse comigo, como este e o outro mundo se misturavam, as ilusões, tudo.
— De vez em quando me fale sobre a condição de minha mãe — me pediu ele.
— Não consigo vê-la.
— Como sabia então que ela estava ali sorrindo?
— Sonhei com ela. Várias vezes. Conhece um filme chamado *Príncipe das sombras*? Como no filme, a cena se repete inúmeras vezes nos sonhos. Neles, minha mãe, com aparência jovem, está sorridente à janela daquele apartamento. Por isso, fiquei preocupado e me mudei para cá.
— Não conheço esse filme, mas sua mãe certamente quer lhe transmitir o quanto ela é feliz. Assim, é como se você pudesse vê-la. Você não precisa das minhas visões — eu disse, embora estivesse achando estranhas a conversa e a forma de consolá-lo.
— Você gostaria de entrar? — propôs ele.
— Não, seria um atrevimento de minha parte. Acabamos de nos conhecer — repliquei.
— Vou comprar umas flores. Você pode dar uma olhada no apartamento enquanto isso. Está destrancado e vazio, e você pode deixar a porta aberta sem problema. Ah, estou contente. Tudo o que fiz está sendo finalmente recompensado. Não sei bem, mas sempre imaginei que este dia chegaria — disse ele e partiu às pressas de bicicleta.

Entrei no prédio não sem antes, por via das dúvidas, dizer "com licença", e subi ao andar superior por uma escada que rangia um pouco. A porta e as janelas estavam realmente abertas para o agradável mundo de início de verão. Uma luminosidade e uma sensação de liberdade que não combinavam com um espírito.

Como eu imaginava, não vi ali a silhueta dela de costas para mim. Os espíritos são sempre assim, rejeitam aproximação. Quem sabe ela só pudesse ser vista a partir de uma posição específica, como numa fotografia?

O velho apartamento dela era bastante simples: quartos de seis e dois tatames e uma cozinha, tendo apenas um aparelho de CD de parede e uma estante, ambos da loja Muji. Tinha-se a impressão de que quando viva ela não era do tipo de pessoa que decorasse o espaço com exageros. Deixados como oferendas, havia ao lado da janela flores um pouco murchas, água e graciosos doces. E havia uma foto dela com o namorado bem mais jovem.

Exceto pela idade, na foto ela era idêntica à silhueta que eu via constantemente à janela. O que era a morte afinal?

Eu gostaria de pensar simplesmente que a pessoa falecida não está mais entre nós.

Aquela pessoa à janela não seria apenas uma ilusão criada pela imaginação do filho? Se assim fosse, qual nome dar a isso? A memória do lugar? Por que então era possível para mim vê-la?

Minha cabeça girava com esses pensamentos, e eu achava tudo uma loucura, um esforço inútil, e isso me deixava frustrada. Dava voltas em círculos como alguém depois de ouvir demais as previsões de um vidente sobre seu futuro.

Quando começava a me sentir estressada e soturna, ouvi passos subindo a escada, e o rapaz reapareceu.

— Vou trocar as flores — disse ele, enquanto suspendia o vaso que ali estava para colocar nele o pequeno buquê de flores novas que trouxera.

Tive uma boa impressão observando a delicadeza de seu gesto. Foi uma atitude repleta de uma inimaginável atenção para com uma pessoa falecida.

— Desculpe, mas como você se chama? — perguntei.

— Eu sou Sayoko Ishiyama.

— Ah, tem razão, eu não me apresentei. Sou Ataru Nishikata.

— E o nome de sua mãe?

— Sazanka.

— Ambos têm nomes bonitos — elogiei, admirando a foto.

— Já deve ter compreendido qual a origem deles, não? Todo um fluxo entre gerações provavelmente iniciado quando minha avó pôs em minha mãe esse nome, Sazanka, ou seja, "camélia" — disse ele.

— Ah, você se refere à canção infantil "A fogueira". Os nomes derivam dela — afirmei surpresa.

— A meu ver, Taro seria um nome mais apropriado do que Ataru, que tem o sentido de "acalorar". Você não acha? Tenho uma irmã mais velha chamada Kitakaze, "vento do Norte". Ela vive se lamentando por ter um nome nem um pouco popular. E os rapazes que se aproximam dela dizem caçoando "Eu sou Taro" por causa da canção, uma idiotice — riu ele. — Mas ainda é melhor no caso dela, já que comigo todos perguntam se meus pais eram fãs do mangá *Urusei Yatsura*, me tomando por um mulherengo só por causa do personagem homônimo.

— Entendo — eu disse, pensando em como os pais dele eram esquisitos. E em minha mente eu cantarolava aquela canção.

Camélias, camélias, pelos caminhos florescidas.
Fogueira, fogueira, queimando as folhas caídas.
Vamos nos acalorar? Ah, vamos nos acalorar.
Fiiiu. Fiiiu. O vento do Norte a assobiar.

Apesar de estarmos no início do verão, meu coração se emocionou ao sentir ressurgir de súbito o inverno em todo o seu esplendor.

Como este mundo é incrível! Assim como o verão, quando o verde se estende com força, uma estação tão fria e linda logo estará de volta, como se estivéssemos num outro mundo. É possível contemplar o vermelho das camélias e o amarelo das folhas mortas. É como se nós, seres humanos, estivéssemos sempre em um imenso teatro. O preço do ingresso é a energia pura que nossos corações devolvem ao mundo.

Ataru trouxe o vaso de flores e o pôs sobre a pia. Som da água, som da tesoura.

O cotidiano sempre inalterado, repetido neste exíguo apartamento. Era fácil imaginar a vida trivial do casal vivendo ali.

Eu a imagino ainda viva, de pé à janela, numa lânguida tarde de domingo. Ela viva, ela morta.

As flores arrumadas com esmero e a água foram postas ao lado da janela.

E ele se sentou ali juntando as mãos em oração.

Ao lado dele, imitei o gesto.

— Mesmo fazendo isso, não tem como eu me redimir — afirmou ele.

Eu me espantei.

— Como? — perguntei. Suas palavras me pegaram de surpresa.

— É um trabalho inútil. Estou ciente disso — afirmou ele rindo. — Mas é tudo o que está ao meu alcance no momento — riu ele.

Eu também ri.

— Essa tarefa serve para preencher algo dentro de mim. Se não fizer nada, acabo corroído por um amargo arrependimento. Por que naquela época não a levei ao hospital ao ver seu rosto sem viço? Por que não a auxiliei mais na mudança mesmo estando ocupado com meu trabalho? Essa tarefa representa o tempo necessário para eu me conformar e aceitar tudo, se possível sem pressa. Até chegar o momento em que o último fruto se desprenderá do galho. Até eu expiar a minha culpa.

Essas suas palavras pareciam uma água límpida sendo vertida lentamente até preencher o vazio em meu peito.

— Não há nada que se possa fazer, certo?

— É, não tem jeito. Sem qualquer racionalidade eu jurava que minha mãe viveria eternamente — declarou ele.

— Também faço agora algo parecido — eu disse, olhando para as pernas de minhas calças. — Estou a cargo da administração dos trabalhos deixados pelo meu falecido namorado. Viajando para Kyoto.

Parecíamos dois alunos da escola primária, e meu coração se tranquilizou por eu não sentir sensualidade entre nós.

Quando criança, a morte significava para mim apenas alguém desaparecer da vista das pessoas. Esse desaparecimento não implicava qualquer alteração na minha vida. Realmente era assim e talvez as coisas tivessem se tornado mais leves para mim e para Ataru se fôssemos egoístas o bastante para pensar dessa forma.

Eu acreditava caminhar por uma estrada segura que jamais existira.

E nunca poderia imaginar que sairia dela algum dia.

Todos pensamos dessa forma. Vamos trabalhar, estudar, fazer compras para o jantar, nos reunir com amigos e namorados. Eu descobrira que tudo não passa de coisas criadas por nós, e que, se uma vez nos desviamos delas, só nos resta contemplá-las com um misto de inveja e nostalgia.

Sim, justamente como um espírito.

Que saudades. Gostaria tanto de viver como todo mundo.

Mas a vida dos espíritos é agradável e mais próxima da verdade do que da solidão, com as sensações da alma e do corpo se desgastando a cada dia; porém, por ser tão agradável, eles nem sequer pensam em retornar. Jamais imaginaria que os dias tão estoicos desses espíritos, à semelhança daqueles dos guerreiros, estivessem tão próximos da vida comum.

— Por que este prédio está tão vazio? — perguntei. — Só você e... bem... sua mãe moram aqui? O fato de haver espíritos nele teria afastado os moradores?

— Decidiram demolir o prédio, e todos os apartamentos foram desocupados — explicou ele.

— Isso significa que colocarão o prédio abaixo? — questionei.

— Na realidade já deveria ter sido demolido, mas o caso parece estar se arrastando mais do que o esperado. O proprietário pretendia construir no lugar uma residência para a filha que se casou, mas o marido dela foi transferido temporariamente e deve permanecer ainda em Nagoia até o próximo ano. Seja como for, do jeito que o prédio está caindo aos pedaços, não deve demorar muito mais. No térreo há dois moradores, um que só aparece quando vem a Tóquio a trabalho, e o dono da padaria dos arredores, que utiliza o apartamento como depósito e local de repouso — explicou Ataru.

— Entendi... Eu passo por aqui justamente porque vou sempre a essa padaria. Eu poderia alugar um apartamento no prédio também. Você acha possível mesmo agora? — perguntei sem refletir muito.

— Creio que sim — respondeu ele sem hesitação.

Intuí ser essa uma característica maravilhosa dele.

Qualquer outro ficaria intimidado e tentaria me fazer ver o quão inapropriado isso seria, ficaria indeciso, diria que tinha namorada ou que eu seria um estorvo e que não me protegeria. Sua atitude despretensiosa me deixava à vontade.

— A imobiliária encarregada é aquela em frente à estação? — perguntei.

— Sim, são os corretores. Como o cronograma de demolição foi prorrogado, talvez ainda estejam procurando por locatários. Quer que eu pergunte? — se ofereceu ele despreocupadamente.

— Obrigada, mas não é necessário — recusei e me levantei.

Desejava ir imediatamente à imobiliária.

Ele anotou com empenho em um papel informações como o valor do aluguel, o número de telefone da imobiliária e o nome do encarregado.

Minha vida me ordenava: vamos, mexa-se! A existência não tem metas e resultados. Apenas fluxo e movimento.

Não há uma solução clara sobre como lidar com a morte de entes queridos. Mesmo abatidos por um tempo por não poder mais vê-los, apenas continuamos a viver silenciosamente como se nos contorcêssemos dentro de um charco nebuloso. Até as cores finalmente retornarem ao mundo.

Ainda assim há algo de bom a cada dia. Por exemplo, a beleza das flores ao lado da janela. Ou o encontro com alguém abatido como nós no interior de um mundo sombrio.

E o que se pode fazer é, por meio desses momentos, acumular forças como se colocássemos lindas conchinhas dentro do bolso.

*

Meus pais ficaram um pouco apreensivos em relação à locação do apartamento, mas mesmo incapaz de lhes explicar direito o porquê de eu ter me tornado uma pessoa tão insensata, eles pareciam ter achado positivo eu me lançar a algo novo e logo aceitaram, apenas me pedindo que aparecesse com frequência para visitá-los.

Mudei-me para o apartamento com pouca bagagem. Dirigi o carro que eu havia tomado emprestado de meus pais levando apenas uma mala e um jogo de futon.

Ataru estava ausente nessa noite. Também me agradava esse jeito dele de me deixar bem livre.

Deitei-me sobre o tatame e refleti sobre a circunstância de haver um espírito morando ali, de estarmos no mesmo prédio. Senti um pouco de medo, mas para mim estava tudo bem.

Como de costume, quando saí à noite para ir ao bar de sempre, Ataru estava de pé na porta de entrada do prédio.
— Pelo visto você se mudou mesmo. Foi tudo muito rápido. Estou um pouco surpreso — confessou ele, mas por mais que eu o olhasse, ele não parecia nem um pouco admirado.
— Hum. Estou indo beber algo. Me acompanha? — propus.
— Sim, estou livre agora! — aceitou ele.
Começamos a caminhar. Foi muita coincidência realmente. Eu não tinha expectativas, mas uma após outra as coisas avançavam à revelia.
— Sayo, por que você está sempre vestida com essas roupas meio masculinas?
— Porque sofri um acidente grave e tenho cicatrizes pelo corpo como Frankenstein. Na cabeça também. Apenas no local da cicatriz os cabelos nunca mais devem crescer e, já que é assim, decidi raspar quase a zero. Mas, apesar disso, cuido da minha aparência. Eu me formei por uma faculdade de artes e não posso ter um senso estético que me envergonhe. Mas já deixei de lado minha feminilidade, pouco me importa. Sempre fui um pouco masculina. Quando pequena, vivia brincando fora de casa e nunca usava saias. É como se voltasse a ser criança.
Quando acompanhei Yoichi a São Francisco para uma exposição, vi no salão do bufê do desjejum no hotel em que nos hospedamos uma menina com o cabelo raspado, com jeito de um menininho. Apenas alguns cabelos cresciam como a penugem de um pintinho. Acompanhada pela família, ela escolhia o que comer com o rosto sorridente,

toda orgulhosa. Devia ser o período de relaxamento após uma quimioterapia. Havia no rosto de todos da família, até no do irmãozinho mais novo, um ar resoluto combinando fantasticamente com o dela.

Sei o que as pessoas pensam de mim, mas já não me importo. Faço o que me der na veneta, afinal, minha vida talvez seja breve. Era isso que o rosto imperturbável dela transmitia.

Ela era tão linda que em algum lugar dentro de mim senti vontade de ser como ela. Por isso, cortei meu cabelo bem curtinho.

— Isso significa que houve um tempo em que você era bem feminina — concluiu Ataru.

— Você se espantaria em ver como eu era uma moça comum!

Não me lembro mais agora. Daquela moça com a aparência de uma estudante de artes. Da moça que gostava de cinema e artes, frequentava diversas exposições em todo o Japão, conversava na volta com os amigos comendo algo doce e ruminava em sua imaginação o que vira. Que fim ela levou afinal? Agora, mais do que uma moça oriunda de uma faculdade de artes, sinto que pela avaliação das pessoas ao redor devo estar mais próxima em vários sentidos da artista plástica Yayoi Kusama.

— Talvez você esteja melhor como está agora. É o que eu sinto — declarou Ataru.

Ao olhar para a janela escura ao alto, a senhora Sazanka não estava. Será que à noite os espíritos retornam para algum lugar? Ou será que eu sofria de algum tipo de cegueira noturna?

— Olhe, podemos deixar as coisas bem claras? Você é gay, correto? — perguntei a palo seco.
— Meu coração é bem filhinho da mamãe. Meu corpo é todinho gay — respondeu Ataru, me deixando aliviada.
Peguei calmamente na mão dele.
— Estou mais tranquila agora. Caso contrário, seria um transtorno eu ter me mudado para cá.
— No momento não estou em nenhum relacionamento sério — declarou Ataru.
— Eu desejava muito ficar de mãos dadas agora — expliquei. — Uma vontade louca de segurar a mão de alguém.
E a mão dele era morna, porém menor do que eu imaginara. Ah, claro, era porque as mãos de Yoichi eram maiores. Mãos grandes, vigorosas devido ao trabalho com ferros, mas carinhosas. Há tempos não lembrava nem mesmo de coisas assim.
A escuridão envolvendo o caminho noturno de repente pareceu mais intensa. O céu estrelado parecia mais próximo. Sim, sim, era essa a sensação de andar de mãos dadas com alguém. A paisagem de súbito não era monopólio de uma única pessoa. O que pouco antes era algo costumeiro se revestia de imensa nostalgia.
"Bem filhinho da mamãe." Essa expressão destituída de nuances me tranquilizou.
Deve ser possível ser amiga de uma pessoa tão sincera, pensei. Há tempos meu coração não se emocionava dessa forma.
Uma pessoa estranha como ele, que se mudara para o prédio onde estava o espírito da mãe e diariamente lhe

oferecia flores e água, combinava exatamente com quem eu era naquele momento.

*

Por eu ter ido beber na companhia de um homem, Shingaki se mostrou mais simpático e atencioso do que de costume.

Ele nos ofereceu um drinque de graça, e nessa noite o espírito frequentador regular do bar não apareceu.

Acima de tudo, a mudança me trouxera uma impressão de liberdade. O jantar do primeiro dia logo após uma mudança é algo especial.

Era maravilhoso não poder prever como seria minha vida diária a partir daquele momento.

Ainda que fosse o mesmo bar, parecia outro quando se vinha caminhando de uma direção diferente na companhia de alguém.

Nesses momentos, sentia-me um pouco ligada àquele mundo do arco-íris.

Aquele lugar havia se introduzido como geleia na minha cabeça. Aquele lindo lugar situado em um vão entre a vida e a morte. Os sonhos daqueles dias se dissolveram, se misturaram e se imiscuíram no meu cotidiano. Metade do meu coração continua na garupa da moto com meu avô no pé do arco-íris.

Compreendi que parte da minha alma ainda respirava o ar daquele local. Era como se metade de mim tivesse mergulhado levemente a cabeça em um mar esplendoroso: essa metade via o mundo de dentro da água enquanto a outra metade permanecia em terra. Eu estava para sempre ligada ao mundo do arco-íris.

Doce amanhã

Meu antigo eu parecia outra pessoa a ponto de o meu eu de agora ter vontade de bater papo com ele. *Meu eu antigo, você desenhava as sobrancelhas direitinho só por causa do Yoichi, não é? E apesar de sentar cruzando as pernas de qualquer jeito quando estava só, diante dele você se sentava como uma mocinha bem-comportada, não é? Era charmosa, não é? E dava tudo de si, não é?*

Há muitas pessoas ansiosas por mudanças radicais. Poucas enxergam a verdadeira essência dessas metamorfoses. Eu era uma delas. Desejava poder me transformar em alguém mais forte. Mas mudar é retorcer com violência o tempo. A pessoa que estava antes não está mais, as coisas antes existentes desaparecem. A única certeza é o fato de estarmos aqui. Gostaríamos de lamentar, mas não há base para tanto. Por termos mudado não nos é possível olhar para trás nem mesmo para nos entregarmos a recordações. Nem sequer concebemos de que forma mudamos. Somente sabemos que ao acaso isso aconteceu.

— Kyoto é maravilhosa! — murmurei ao balcão sorvendo meu *awamori*. — Apesar de ir lá a trabalho, este mês vou poder ver nela o verde do início de verão.

Quando penso nisso, a felicidade me invade como num sonho.

Tomo o trem-bala sozinha, pego o ônibus em frente à estação rumo ao ateliê, passando ao lado da Torre de Kyoto. Apesar de ser um movimento extremamente solitário, aquela sensação de estar no fundo de um lago era a única a atiçar meu coração. Quanto mais eu admirava as deslumbrantes paisagens de Kyoto, mais a felicidade vinha lentamente afastar minha solidão.

Em Tóquio, por algum motivo, a solidão não passava de solidão. Porque não podia contar com a ajuda de uma paisagem repleta de natureza. Porque o coração não se expandia.

— Se gosta tanto assim, por que não mora em Kyoto? — indagou Ataru. — Você não tem uma casa lá?

— De início eu não me sentia dessa forma. E por causa das cirurgias e das idas ao hospital fui obrigada a morar com os meus pais. Também não entendo o porquê de não ter começado a vida sozinha em Kyoto e sim em outro lugar. Mas, sabe, fico triste porque vamos devolver o ateliê e perderei o motivo para estar naquela cidade — eu disse.

Shingaki ouvia calado a conversa. Por vezes, ele sorria quando nossos olhos se encontravam. Era o rosto sorridente e vivo de uma pessoa habitando um corpo físico.

Após beber três copos do *awamori*, fiquei um pouco zonza. Voltei para casa andando pelos caminhos noturnos e me apoiando em Ataru. Éramos como dois estudantes voltando para seus quartos de pensão.

Quando estou embriagada, perco completamente a capacidade de distinguir os espíritos das pessoas comuns. Se vir com atenção alguém sentado à beira do caminho, essa pessoa estará um pouco transparente ou ferida. Para mim isso fazia naturalmente parte da cena. Estar alcoolizada tornava as coisas mais fáceis, por isso eu bebia todos os dias.

— O dono do bar está apaixonado por você, Sayo — declarou Ataru.

— Conta outra! — revidei.

— Que tonta é você! Custo a acreditar que você teve uma vez um namorado — disse Ataru, arregalando os olhos.

— De qualquer forma foi apenas aquela vez, e a pessoa que eu era na época desapareceu por completo — eu disse.

— Águas passadas não movem moinho! Seu caminho vai melhorar a partir de agora — disse Ataru.

O asfalto parecia brilhar. "Seu caminho vai melhorar" é uma expressão muito boa. Mas eu repliquei:

— Porém, sou grata pelo bom caminho de agora.

Enquanto dizia isso, um sorriso naturalmente se abriu no meu rosto.

Quando eu manifestava dessa forma esse sentimento de gratidão, quase todos faziam uma expressão triste como se pensassem que eu me esforçava para esconder a melancolia ou afirmavam ser uma atitude aparentemente comum entre as pessoas que passaram por uma experiência de quase morte. Mas elas estão erradas. Essa sensação de querer de toda forma agradecer existe dissociada da tristeza.

— Hum, agora nós estamos trilhando um bom caminho. Juntos — disse Ataru, emocionado.

Como ele pôde me entender? Ele não falou apenas por falar. Pude constatar que ele se sentia como eu.

— Quando se tem um ferimento no abdômen, perde-se a força no ventre — eu disse. — Por isso, vivo serenamente. E viver dessa forma me fez ver e compreender diversas coisas, e sou grata por isso. Há muito estou vivendo assim. Pelo bem do meu intestino. Até que ele esqueça o quanto doeu.

— O próprio intestino fará você esquecer. Afinal, ele pertence a você e não a outra pessoa — disse Ataru como um amigo com quem eu convivesse havia dezenas de anos. Como um amigo de longo tempo, tão longo quanto o meu intestino. — Mesmo assim, o que a meninona vai fazer com relação ao dono do bar?

— Você me chamou de meninona? Depois de praticamente só uns três encontros já estamos tão íntimos? — questionei.

— Por que não? Somos vizinhos, não somos? — revidou ele.

— Tudo bem... Não me agradam homens que trabalham em bares. Os horários deles são bagunçados. Estão sempre perto de bebidas e fazem sucesso com as mulheres — eu disse.

— Entendi. Então é por isso. Um relacionamento parece mesmo algo distante — concordou Ataru.

Como eu me sentia bem falando esse tipo de coisa enquanto caminhávamos! Meu corpo ficava leve apenas por não ter a presença de meus pais pelos cômodos da casa fingindo não se importar por eu voltar para casa tarde da noite, mas no fundo preocupados comigo e com o meu futuro.

Não poderia confessar a eles os motivos de eu ter me mudado. Tampouco tenho confiança suficiente em mim para lhes contar que vejo espíritos e de que forma isso mexe com meu coração. Quando imagino meus pais me fitando com olhos de piedade, não me sinto feliz. Somente esta percepção de autossuficiência, de não depender deles, me serve de ânimo.

Mãe, pai, o que devo fazer? Estou na pior! Coisas estranhas acontecem comigo, quero voltar a ser criança. Como seria bom se pudesse dizer isso entre lágrimas e me enfiar debaixo das cobertas junto deles dois. No quarto silencioso de madrugada, sob a luz cálida de uma lâmpada.

À noite, do lado de fora, haveria a mesma silhueta da grande árvore no jardim que eu admirava desde os tempos de criança, e os meus pais, como sempre, me abraçariam.

Eu desejava fugir, desaparecer, envolta pelo cheiro dos meus pais e do meu lar que me protegeram quando eu era menina.

Porém, nada fiz. Não poderia fazê-lo. Se o fizesse, seria impossível continuar a me manter firme dali em diante.

A brisa leve mas um pouco melancólica da liberdade. O perfume da minha jovem árvore entrando na idade adulta.

A agradável sensação de poder ver tudo claramente, numa linda paisagem, mesmo melancólica, ao me aproximar da verdade.

Ao chegar ao apartamento e olhar a janela acima, pude ver a mãe Sazanka. Ela sorria olhando em nossa direção.

Seu sorriso transmitia felicidade e me fazia sentir vontade de chorar imaginando como seria bom que Ataru pudesse vê-la, e assim acenei para ela. Apesar de não poder vê-la, Ataru também acenou.

Me deu um aperto no peito ao pensar no sentimento dele ao acenar para a mãe.

Como se lesse meus pensamentos, ele disse:

— Queria ter podido cuidar dela no hospital, na velhice, fazer tudo por ela, mas nada pude enquanto ela estava por aqui fisicamente!

Senti o peso e a alegria de ter um corpo para cuidar. Decorar com flores um quarto vazio ou nele queimar incenso é mais fácil, mas também muito mais triste.

— Quando falo isso, as pessoas acham que são apenas palavras bonitas. Realmente são, mas eu faria tudo para tê-la viva. É desolador só me ocupar de minha mãe depois de ela ter morrido! — admitiu Ataru.

Apenas assenti com a cabeça.

Eu havia percebido que talvez Shingaki nutrisse certa atração por mim.

Contudo, sem saber como agir, não consegui sequer fingir que percebera.

Porque imaginei seriamente como as coisas ficariam confusas se começássemos a nos encontrar, fôssemos beber, e tudo acabasse conduzindo a algo mais sério. Por um tempo eu não precisava disso em minha vida. Seria suficiente para mim deixar de lado qualquer tipo de sentimento na vida de agora, como uma massa posta para fermentar.

*

No entanto, aquele não era o momento de bancar a mulher indolente, cujo senso de superioridade era alimentado pelo sucesso com os homens.

— Com esse barulho não consigo dormir!

Eu disse isso de madrugada enquanto estava meio adormecida, e minha voz me fez despertar de vez.

Mesmo assim, o barulho não diminuía.

Havia um grande burburinho dentro do prédio. Diversas vozes, ruídos... Parecia que todos os apartamentos estavam repletos de pessoas, como se na tarde de um domingo chuvoso ninguém saísse e cada qual tivesse convidado outras pessoas para vir fazer barulho.

— Que transtorno — murmurei.

Aquilo ali devia ser um caminho de passagem ou uma fresta tridimensional. Era essa a impressão, e certamente a razão pela qual a mãe de Ataru podia ficar rondando por ali.

— Você disse algo?

Ouvi a voz de Ataru do outro lado da porta.

— Está muito barulhento, não consigo pregar o olho — respondi.

— Vai por mim, você acaba se acostumando!

Ataru falou isso de um jeito tão irritantemente trivial, que acabei abrindo a porta.

— Não vou conseguir me acostumar!... Isso não está nada bom. Que diabo é este lugar? Não é apenas um prédio assombrado — eu disse.

Quando começamos a conversar, os vários ruídos de súbito se interromperam, como se os bagunceiros fossem ratos ou baratas.

— Por ser um lugar assim, embora eu não considere isso algo bom, ainda posso ver minha mãe em sonho. Mas, já que vão demolir mesmo este prédio, que mal faz deixarmos as coisas como estão até o fim? Quem decidiu que quanto antes se chega no céu melhor? A percepção do tempo lá em cima não vai ser muito diferente se decorrer um ou dez anos! — reagiu Ataru.

— Talvez você tenha razão quanto a isso.

Para minha surpresa, concordei de imediato. Eu me convenci por completo.

É verdade, pensei. Somos nós, os vivos, que, por conveniência, desejamos que nossos mortos repousem em paz ou, melhor, que nossos entes queridos permaneçam para sempre ao nosso lado. Na realidade, vida e morte provavelmente giram em função de forças maiores ou das leis da natureza.

— Entendi. Vou tentar me habituar. Afinal, já me mudei para cá — concluí.

— Durma bem — disse Ataru.

Bastou eu fechar a porta e tentar dormir para os ruídos murmurantes de várias presenças recomeçarem. Mais do que ter medo ou me indagar sobre o que seriam, imaginei que aquilo se transformara em algo complexo e que eu estaria realmente enlouquecendo. Estou morando com uma pessoa estranha em um prédio esquisito. Mas essa sensação desesperadora era invulgarmente agradável. Não sentia medo. *Desisto, agora vou até o fim*, pensei. Estou viva, meu coração bate, respiro. Havia muito tempo eu não percebia a existência física de modo tão fundamental como naquela noite.

*

Semiadormecida, entrevi a silhueta da mãe Sazanka.

Longos cabelos. Uma mulher calma e natural, sempre trajando roupas de linho charmosas e sóbrias. Vivia no apartamento de maneira simples, arrumando-o, preparando as refeições, comendo com deleite, lavando os pratos, desfrutando de uma vida tranquila. E amava apaixonadamente o namorado com quem decidira viver junto.

Eu praticamente nunca vira outra expressão no rosto dela que não fosse sorridente, e que rosto charmoso! Apesar de parecer um rosto sóbrio e comum, se observado com atenção, percebia-se em todo ele uma misteriosa simetria. Um reflexo da ordem serena que governava seu coração.

No sonho, eu vagamente imaginei que pessoas de coração puro, mesmo depois de mortas, permanecessem em lugares belos. Ela estava de pé em um lindo mundo onde o lilás, o rosa e o azul se misturavam.

Falando nisso, eu não sei qual é a ocupação de Ataru. Pensei nisso enquanto mergulhava nas trevas do sono. E nesse momento, para minha surpresa, Yoichi me apareceu em sonho pela primeira vez desde sua morte.

Ele estava em seu ateliê em Kyoto desenhando os esboços de sempre, compreensíveis apenas para ele, que se tornariam os projetos de suas obras. Como de hábito, eu observava seu corpanzil, suas mãos calejadas e habilidosas, seus cabelos despenteados.

Espantei-me ao me ver naquele local, mas procurei manter a calma.

Yoichi se virou e seu rosto era muito lindo. Tinha na expressão um misto de frescor e luminosidade.

— Por isso eu cansei de alertar você para não carregar barras de ferro no carro — ralhei.

E senti vontade de me censurar dentro do sonho. *Com tanto para dizer na primeira vez que nos encontramos em sonho, você vai falar logo sobre isso?*

Pouco antes de pedir desculpas, ele exibiu aquela saudosa expressão e eu me vi novamente mergulhada no sono.

Recordo-me apenas das luzes e do verde luxuriantes de Kyoto para além da janela atrás dele, uma paisagem que se descortinava dando-nos a sensação de que com montanhas tão próximas nada teríamos a temer.

E, sabe-se lá a razão, apesar de no sonho eu estar zangada por causa da barra de ferro, ao mesmo tempo fiquei emocionada e lhe agradeci de coração. Eu sentia, no fundo do peito, algo como bolhinhas de dióxido de carbono fervilhando, lavando as impurezas da tristeza gravada no meu coração, rosto e cérebro.

Eram muitas manchas semelhantes a lodo flutuando e escorrendo a ponto de eu me espantar ao me dar conta de como ainda havia tantas.

Ao despertar com o sol da manhã, pensei: *Tudo aquilo seriam pistas?* Eu não conseguia entender bem.

Ainda por cima, não pude conversar direito com ele. Apesar do nosso encontro.

Bem, as coisas devem ser desse jeito no final das contas. Justamente por serem assim, tão vagas, talvez eu tenha de continuar a viver com a impressão de estar resolvendo um quebra-cabeças.

*

Descobri qual era a ocupação de Ataru por mero acaso.

Foi quando bebia à noite no bar de Shingaki três dias após ter me mudado.

Também na segunda noite eu havia escutado barulhos estridentes, o que me deixara com o sono um pouco atrasado. Porém, no segundo dia, nem a mãe Sazanka nem Yoichi haviam aparecido. Fragmentos reluzentes de sonhos desconexos não paravam de flutuar no interior do quarto.

Mesmo assim, em meio à luz da manhã, experimentei a sensação de ter retomado minhas forças. Havia me habituado. Assim como os residentes ao lado de uma estrada de alta circulação se acostumam com o ruído dos carros.

Senti como se tivesse descansado e recarregado as energias como havia tempos não fazia.

Até achei bom estar ali e cheguei a pensar que a minha recuperação não teria avançado em um ambiente comum.

Fui até a casa de meus pais pegar algumas roupas e na volta passei pelo bar.

— O que é isso? Vai viajar? — perguntou Shingaki ao bater os olhos no grande pacote que eu carregava.

— Somente viajo para Kyoto. Escolhi algumas peças para levar para o novo apartamento e acabei com este pacotão — eu ri.

— O rapaz que estava com você outro dia é o seu namorado? — indagou Shingaki enquanto colocava uma cerveja Orion sobre o balcão.

— Ele é gay — eu disse.

A reação de Shingaki foi inusitada.

Ele de súbito desatou a chorar.

De tão surpresa eu não parava de olhar fixo para ele, como em câmera lenta.

Muitas lágrimas se acumulavam em seus olhos e, depois de alguns momentos, dando-se conta disso, ele as enxugou esfregando-as com as costas da mão. O gesto espontâneo me provocou um aperto no peito.

— O que aconteceu comigo afinal? — disse ele. — Desculpe, devo estar cansado.

O simples fato de haver lágrimas nos grandes olhos característicos de um okinawano por si só já era estranho, e senti o coração palpitar. Pela primeira vez me sentia assim desde o acidente.

Eu não estava apaixonada, porém contava com ele.

Não desejava encurtar a distância entre nós, mas tampouco queria que continuássemos da forma que estávamos.

O que mais me agradava é que, apesar de trabalhar na noite, ele não havia se dissolvido nas impurezas do mundo noturno. Ele administrava o bar porque desejava encontrar pessoas, mas praticamente não bebia, e eu achava ótimo esse jeito circunspecto dele.

— Se eu não estiver enganado, aquele rapaz antigamente era dono de um bar em Sangenjaya. Será que ele ainda o administra? — perguntou Shingaki, esfregando o rosto com uma toalha.

— Ah, é? Não sabia — eu disse.

— Um bar bastante conhecido, no topo de um edifício. Com inúmeras plantas, amplo... Talvez ainda exista. Eu li um artigo sobre ele em um jornal do ramo e o frequentei algumas vezes, portanto creio não estar enganado — disse Shingaki.

Alguém com ar tão indolente como Ataru seria realmente capaz de administrar um bar? Era difícil de acreditar. Ele dormia e acordava tarde, arrumava o apartamento da mãe, trocava a água das flores, e depois, de vez em quando, sumia. Nesse caso, estaria ele indo trabalhar no bar?

Com tantas surpresas, mesmo aparentando serenidade, eu estava muito inquieta por dentro.

*

Seja como for, voltei para o apartamento, joguei de lado o pacote com as roupas e abri a janela.

No momento em que pendurei as roupas no apartamento que começara a habitar, senti que muitas coisas haviam ganhado liberdade para mim. Coisas irrisórias, mas muito importantes.

Lembrei-me das palavras de uma moça que se separara de alguém com quem tinha convivido por longo tempo. Ela falou de sua indescritível felicidade ao desejar ver, em um espaço só dela, onde colocaria uma caneca que comprara.

Quando ouvi isso, não entendi o porquê de ela se sentir feliz por algo tão insignificante, mas hoje pela primeira vez compreendi a razão.

Foi providencial ter uma família, e eu poderia chorar de gratidão por meus pais me acolherem de braços abertos quando eu não tinha um lugar para ficar. Justamente por eu ter experimentado a condição de, sem mais nem menos, não ter para onde ir a partir do dia seguinte, preciso lhes agradecer por me terem recebido de forma incondicional. Teria eu sobrevivido após o acidente se estivesse sozinha?

Mesmo me sentindo sinceramente assim, no fundo parecia que eu ansiava por ter um espaço só meu.

Quando de repente isso se tornou uma realidade, me senti aturdida.

Lá fora há uma rua asfaltada. Uma rua como qualquer outra, com transeuntes circulando. Iluminada vagamente pelas luzes dos postes de iluminação.

Ao longe ecoa levemente o ruído dos automóveis.

Há uma espessa parede separando o Residencial Kanayama do prédio vizinho, com as janelas de ambos os prédios muito próximas. Projetei a cabeça para fora da minha janela aberta. Ouvi então um ruído semelhante a um miado e apurei o ouvido acreditando estar de novo conectada a algum espírito. Eram as vozes de um casal.

A mulher gemia intensamente, mas era impossível distinguir se o som provinha de uma pessoa em carne e osso ou de um filme pornô. À medida que eu ouvia, fui me sentindo extremamente solitária. O sentimento de não necessitar de mais ninguém não suscitava qualquer desejo em mim, e os sons reverberando do outro lado da parede amplificaram minha solidão, à noite, ao lado da janela.

Estou realmente sozinha... Murmurei para mim mesma.

Fui de súbito dominada pela solidão, em sua forma mais primária.

Mesmo assim, o que eu sentia era no fundo diferente da solidão. Eu perdera uma pessoa importante — mas não porque ela me odiava —, minha família me amava e até um avô viera me buscar naquele momento, meu adorado cão zelava por mim, e eu estava fazendo novos amigos (apenas três, sendo um deles um espírito). Nada mau, pensei, relembrando carinhosamente cada um deles.

E pode ser algo muito displicente de minha parte, mas percebi que estar vivendo com todas as minhas forças era a forma de eu retribuir a todos eles, à humanidade.

Os amigos de Yoichi e os calouros da faculdade de artes que o ajudavam no trabalho estão todos em Kyoto, e os meus amigos daqui parecem achar que eu me tornei estranha por ter perdido a memória quando levei a pancada na cabeça. Um pouco intimidada pela atitude hesitante deles, ultimamente só mantenho contato com Shingaki, mas mesmo meu relacionamento com ele está se transformando. Tranquilizei-me ao pensar que todas as coisas constituem sempre um fluxo, e comecei a sentir os gemidos estridentes da mulher como uma doce música de fundo. Aqueles mesmos gemidos que interpretei como uma confirmação da minha solidão, mas que, no entanto, nada tinham a ver comigo.

Mas ao encerrar a sessão de sexo, ela decerto se sentirá aliviada, irá tomar um chá ou um drinque, dormirá profundamente. Acabei por imaginar que os seres humanos são todos charmosas criaturas semelhantes entre si.

A morte não se avoluma em nós com o passar dos anos, mas está constantemente ao nosso lado. Apenas as memórias da morte aumentam. Isso apenas cria em nós a ilusão de segurança.

Quando decidi não fugir, não importava o que houvesse, senti haver entendido pela primeira vez o que significava perder o *mabui*. A sensação de familiaridade com a morte se assemelhava àquela que se sente quando se está totalmente sozinho de madrugada em um quarto de hotel no destino da viagem e se esquece por completo do seu passado.

*

Enquanto comia pão francês de alho com pepino como jantar, me entusiasmava por também poder esticar as pernas descontraidamente.

Há tempos não vivia sozinha. Na casa dos meus pais fazia um pouco de cerimônia, mas aqui posso até deixar o notebook escancarado enquanto como qualquer besteira.

Buscando na internet, confirmei que Ataru era mesmo proprietário de um bar. Era um estabelecimento instalado no interior de uma estufa de plantas chamado Sazanka. Parecia que ele administrava esse bar situado no terraço do prédio, onde provavelmente morava com a família. Na foto retratando um espaço escuro, suspeitoso, onde algo similar a um denso bosque misturava bananeiras, cactos e orquídeas, havia um balcão por trás do qual se via apenas parcialmente Ataru de pé.

Mas desde a época do falecimento da mãe, o nome de Ataru de repente deixou de ser mostrado. Aparentemente o bar Sazanka ainda existe, mas quem o administra é Kitakaze Nishikata, sua irmã mais velha e sócia. Consta que o funcionamento está restrito aos fins de semana.

Estava com sono e acabei desabando para trás. Coloquei uma almofada sobre a barriga e por fim comecei a cochilar. Também na casa de meus pais eu vivia em faixas de horários esquisitos, mas o fato de não precisar me preocupar em absoluto sobre quando e como dormir me fazia sentir que aquele lugar estranho, onde tinha sono leve devido aos sonhos incomuns, combinava bem com quem eu era agora.

O ar noturno muito pesado, com fragmentos dos espíritos dos mortos, desejos e orações, em algum momento se torna leve se o compartilharmos entre todos nós. E quando também chegar a nossa hora, as pessoas ao nosso redor carregarão esses fragmentos. Desejo viver e morrer como um ser humano. Não preciso de grandes sonhos.

Talvez por ter adormecido com isso na cabeça, acabei sonhando novamente com a mãe Sazanka.

Ela se sentara pesadamente sobre o tatame e esticara as pernas. Suas meias estavam um pouco encardidas na sola dos pés e nos joelhos enrugados. Imaginei se tratar dela quando ainda estava viva, e não de uma boneca ou de um espírito.

Eu lhe disse algo, mas, por ser um sonho, era vago, e eu apenas pensava sobre a fronteira entre a vida e a morte. Ela existe. Seja no paraíso, no inferno ou na terra dos sonhos.

E sonhei com Kyoto.

Quem sempre residiu em Kyoto talvez não compreenda, mas aqui e ali um mundo onírico se mistura. A cidade oculta alguns locais próximos da iluminação espiritual.

Creio que, por estarem envolvidas por uma escuridão na mesma intensidade da luz, as ruas se impregnam de profunda beleza.

Assim como sempre se veem as montanhas de cor escura por entre suas ruas, Kyoto era uma constante no perfil e na silhueta das costas de Yoichi. O tempo que passamos juntos era o tempo de Kyoto. No local onde finalmente o rio Kamo se descortinava quando íamos na direção Norte. À noite, na penumbra serena proveniente do rio a se espalhar. Quando uma luz dourada inundava as ruas anunciando o final do dia. Um lugar de natureza exuberante, onde as chuvas molhavam tranquilamente as árvores, fazendo-as crescer. Para onde sempre se poderia fugir, e em qualquer parte se poderia perder a vida. Uma cidade onde existia esse terrível pavor.

Sem dúvida o tempo durante as noites em que ele residia e criava ali era o de uma escuridão noturna opressora que caía de repente, sem qualquer aviso prévio. Um lugar onde antes mesmo que pudéssemos perseguir o tempo, era ele que nos alcançava, acompanhando as mudanças na natureza.

Muitas vezes sonhei em fazer minhas malas e partir em direção à estação de trem.

Ouvi vagamente em sonho as conversas de meu avô.

Quando jovem, meu avô vivera em uma comunidade hippie em meio às montanhas da Califórnia, e no passado era convidado com frequência a palestrar sobre a vida dos hippies em universidades e em ONGS. A voz dele nos meus sonhos era a mesma voz límpida e sonora de então.

"Existem coisas como homeopatia, vacinas? É igualzinho. Seu instinto, Sayo, julgou que sua vida estava em perigo e que seria mais seguro misturar delicadamente o mundo dos vivos com o dos mortos. Por isso, agora ambos os mundos estão entrelaçados dentro de você, mas à medida que esse buraco aberto em seu corpo se fechar e você for recobrando seu ânimo, restará apenas o mundo atual em que você vive. E, assim, você acabará tendo muitas saudades desta época esquisita de agora. Este momento será para sempre o seu suporte, Sayo. Por isso, é melhor aproveitá-lo. Pense que é uma época interessante, única, e divirta-se!"

"Vô, meu querido vô, o buraco que se abriu no meu ventre já fechou faz tempo!", eu argumentei com firmeza.

"Quando se abre um buraco no nosso corpo, abre-se também um outro nas matérias invisíveis à nossa volta. Com o tempo, por vezes esse outro buraco permanece sem fechar durante um bom período", explicou meu avô. "E a ansiedade é uma característica das pessoas com um buraco aberto no abdômen. Experimente ler os romances da última fase de vida de Natsume Soseki. Neles, as ansiedades parecem se aproximar de fora, só que na realidade elas estão dentro do corpo, nos órgãos internos. Mas como não há diferença entre o exterior e o interior, na verdade o próprio ser humano é quem acaba confundindo tudo. É possível entender isso bem quando perdemos nosso corpo." Eu estranhamente me convenci, e a cena mudou para quando eu e meu avô estávamos ao redor de uma fogueira.

Nossos rostos estavam com uma cor avermelhada semelhante à de porcos cozidos ao molho teriyaki. No jardim escuro, as chamas alaranjadas queimavam intensamente imprimindo em nós uma estranha sensação de euforia, como se estivéssemos diante de uma paixão eterna. As diversas formas assumidas pelas chamas estabeleciam um pacto instantâneo para logo em seguida se extinguirem. Eu aguardava ansiosa as batatas assadas ficarem prontas, embora sentisse que no fundo não era por elas que eu esperava. Eu ansiava pelo final. Estava apressada para saber o que estaria adiante. Queria ver mais, o que aconteceria com o fogo, como ele seria apagado. Quando escurecesse ouviríamos de repente os sons das árvores?

"O fogo começa do nada, queima e aos poucos se apaga. Restam carvão e cinzas. Um processo comum a todas as coisas, sejam quais forem. Devemos na medida do possível nos apegar a tudo. Resista à vontade de conhecer o futuro. Apegue-se a tudo e viva sem pressa."

*

— Aceita um café?

Acordei ao ouvir a voz de Ataru do lado de fora da porta.

— Consigo ouvir como se você estivesse falando ao pé do meu ouvido — eu disse.

— É porque as paredes e portas são finas — riu ele.
Um aroma delicioso de café se fez sentir pela fresta da porta.

— Obrigada. Quero sim!

Ainda sonolenta, abri a porta e lá estava ele segurando a garrafa térmica.

— Meu sono se tornou leve tamanho é o barulho das presenças neste prédio — eu disse.

Eu parecia estar alucinando devido à falta de sono, sentindo tudo irradiar uma graciosa felicidade como na extensão de um sonho. Nada permanecia imóvel em meio ao ar e à tênue luminosidade da manhã de um dia que ia despontando gradualmente.

— Ah, é assim mesmo. Aqui pouco a pouco você vai enfraquecendo. O que é uma coisa boa, no fim das contas. No momento atual. Enfraquece, esmaece, e a partir daí você identifica se um renascimento é ou não possível. Se você renascer, ficará vigorosa assim como eu — riu ele.

— Não pretendo me entregar a esse tipo de experimento! — afirmei me levantando.

Ataru segurava também duas xícaras, e começamos os dois a tomar café sentados ali mesmo. Enquanto isso, mastigávamos o pão francês de alho que sobrara da véspera. A luz da manhã arrastava consigo o mundo de ontem, derramando uniformemente por todas as ruas uma esplendorosa brancura. Como é maravilhoso poder vivenciar uma nova manhã surgindo. Eu refletia sobre isso. Que sistema fantástico: enquanto estivermos vivos, uma manhã despontará. Isso supera em muito as coisas impressionantes idealizadas por um ser humano. Não há outro meio de reconfigurar ou zerar todas as coisas, exceto iluminando-as à força.

Entregando-nos a essa luz sobreviveremos com certeza enquanto houver vida. O sol é espetacular. Fico emocionada. — Em breve vou me ausentar para ir a Kyoto. Deixo já avisado — eu disse.

— Entendi. Então, o que me diz de eu me encontrar com você lá na sua última noite? Seja como for, quero comer em um restaurante não muito luxuoso de lá. Pode ser algum prato à base de *mochi*, ou quem sabe algo com carne, ou no Yoshiya. Ou talvez no Shinme? Seria legal comer também a carne empanada deles — declarou Ataru displicentemente. Trabalhando no setor de bares e restaurantes, ele conhecia bem os estabelecimentos de preços módicos da cidade.

Compreendi que se por um lado ele queria de verdade ir a Kyoto para se divertir, por outro ele estava preocupado comigo. *Que pessoa equilibrada e amável,* pensei.

Teria eu em algum momento sido tão gentil com outras pessoas?, me questionei. *Antes de cair bem fundo no poço, não teria eu vivido com medo, sem olhar para nada?*

Quando se está no fundo do poço, não é comum se apressar com relação ao futuro, e por isso as pessoas se mostram gentis. Lembrei-me do meu avô no sonho e continuei a beber meu café.

— E você, Ataru, já transou com mulher? — questionei de chofre.

— Que pergunta capciosa. Está querendo que eu assedie você? Logo de manhã? Se me esforçar, posso até conseguir, mas se for possível prefiro evitar...

Ataru me olhava de olhos arregalados.

— Nem pensar. Afinal, eu tive uma barra de ferro cravada no meu baixo ventre! Estou impedida fisicamente. Se transar, morro de hemorragia.

Logicamente, isso era mentira, mas depois do acidente tinha criado o hábito de alegar isso quando alguém raramente me convidava; uma elocução usada como um trunfo. Sem dúvida alguns homens neste mundo se excitam diante de uma mulher digna de pena.

A luminosidade da manhã, o aroma do café e a consciência de estar viva me deixaram melancólica. Abaixei os olhos. Vi meus longos cílios e, coisa rara, lembrei-me dos tempos em que usava rímel quando era mais jovem.

— Pergunta difícil essa sua... Mas a resposta é *sim* — respondeu Ataru.

— Em que circunstâncias? Estou curiosa — disse.

— Minha irmã chamou as amigas para uma festa em seu apartamento, eu me misturei a elas e enchemos a cara tomando todas. Eu devia ter uns quinze anos. Fiquei com três garotas lindas, todos juntos numa cama enorme, com cada uma delas me ensinando alternadamente um monte de coisas, e assim brincamos até o amanhecer. Eram belíssimas, mas nem um pouco vorazes, ao contrário, passavam uma impressão de candura. Parecia um sonho — contou Ataru, extasiado. — Sabia que era o tipo de coisa que não acontece todo dia, um milagre, e que se cruzasse na rua uns dias depois com qualquer uma delas com certeza nem me dariam bola, e, se algo na minha expressão traísse a vontade de repetir aquilo, desapareceriam rapidinho! Por isso, estava ciente de que seria apenas aquela vez. Foi muito bom. A melhor experiência da minha vida!

— Filhos de pais cuja juventude foi vivida na década de 1960 têm uma obsessão pelo amor romântico, não acha? — interpelei.

— Realmente têm. Não duvido nada que meus pais continuem a pensar dessa forma até morrerem. Eles estarão sempre desejando encontrar alguém com quem possam ter uma verdadeira paixão duradoura — disse Ataru.

— De minha parte, estou aposentado no que se refere a mulheres. Prefiro me relacionar com homens: é muito mais tranquilo. Tendo um bar, basta ser um pouco popular para a sua vida virar do avesso e isso acabar afetando o corpo e o trabalho. Gosto mais da vida de agora do que da que eu tinha quando era mais voraz. Prefiro ter um café ou uma paisagem diante de mim do que ficar sonhando com um amor romântico ainda não encontrado. Gosto de acordar toda manhã. Gosto de fazer oferendas diárias em memória de minha mãe falecida. E também gosto da sensação, quando saio daqui, de estar acumulando forças, me preparando para iniciar uma nova vida. Além de adorar a sensação de confiar em mim, de que saberei me virar de algum jeito quando este prédio for demolido.

— Hum, entendo. Eu também comecei a avaliar que o mais importante é a consciência de se estar fazendo aquilo que deve ser feito no momento certo. Até me ver à beira da morte eu não pensava assim, mas mudei de ideia depois de acordar.

— Você deve ter dormido muito mesmo, não? Repousou bastante. Felizmente — riu Ataru.

Os cílios de Ataru estavam lindamente abaixados em meio à luz do sol.

O tatame exalava um odor refrescante.

Por que será? Esse homem, que não é meu namorado nem candidato a amante, que se mostra sempre indiferente embora amável, com seu ar sorridente de ligeira felicidade, envolto pela atmosfera da sua primeira experiência sexual, era a única coisa dentro de mim a me conectar um pouco com o futuro.

Alguém pouco confiável, com uma personalidade irreverente e inconstante, e de quem não se pode depender.

Porém, sem saber bem o porquê, havia algo nele, sentado à minha frente com sua xícara de café, nos cantos de sua boca sorridente, nos cabelos em desalinho ao acordar e nas pernas estiradas, que era pura esperança.

Não sabia o que me ligava a ele, e havia uma grande possibilidade de não haver ali nenhum vínculo no final das contas.

Apesar disso, a alegria pela vida que havia em seu rosto era contagiante e me deixou feliz instantaneamente.

Eu jamais sentira inveja ao ver um jovem casal com seu bebê, nem mesmo naquele momento em que fiquei arrasada por descobrir que não estava grávida.

Por quê? Porque não se tratava de mim nem de meu bebê.

Quem sente esse tipo de inveja a herdou dos pais. Qualquer que seja a nossa situação, a felicidade e os bebês são coisas que apenas oferecem às pessoas ao redor uma força incondicional. Sou grata aos meus pais por não terem realizado uma lavagem cerebral em mim fazendo eu me tornar uma pessoa invejosa, em particular durante o período em que eu estava fragilizada.

A linda paisagem dentro do coração humano oferece de alguma forma às outras pessoas uma enorme força.

*

Doce amanhã

Ataru me levou ao seu bar-estufa no fim de semana em que eu finalmente me acostumara à minha vida sozinha e ao burburinho do prédio. Nesse dia, como eu planejava voltar para a casa de meus pais, estava um pouco sentimental, nostálgica, por isso fiquei agradecida por poder apenas me distrair cercada por um monte de plantas.

Dentro da estufa a umidade era mantida no nível adequado, em uma temperatura ajustada perfeitamente às minhas emoções.

Havia muito verde e um aroma suave. Era como se eu estivesse dentro de um bosque na chuva, antes da chegada de um tufão.

As pessoas estavam sentadas às mesinhas debaixo das árvores ou bebendo de pé no balcão bem no centro, cada qual segurando o drinque escolhido.

A *bartender*, irmã de Ataru, era muito parecida com o espírito da mãe Sazanka.

Contudo, ao contrário do espírito, tinha braços torneados e rijos, e lábios lustrosos e carnudos. Ela pegava rapidamente uma taça pesada e chacoalhava a coqueteleira com espantosa agilidade.

É apenas essa a diferença de se estar vivo, algo muito doce e delicioso.

Como carne fresca, uma melancia recém-colhida ou um pêssego, apenas isso.

O ambiente estava bem organizado, apesar das plantas e da terra, e os clientes conversavam em sussurros, com um agradável som de jazz tocando baixinho ao fundo. Era como estar numa linda selva onírica. Embora houvesse uma verdadeira multidão e todos conversassem, o ruído não incomodava os ouvidos.

Isso porque algo de bom emanava de todas aquelas pessoas. Sentia-se que elas se divertiam por estar ali, por compartilhar um segredo.

— Adorei o bar — eu disse.

— Trabalhar nele é, para nós, uma diversão. Os dias de funcionamento são restritos e por isso damos tudo de nós, de verdade! Sempre trabalhamos animados, e de segunda a sexta não pensamos em mais nada; é como ter uma casa de praia para onde podemos ir todo fim de semana, durante o ano inteiro — disse sorridente a irmã com voz levemente rouca.

— Kitakaze, você se parece muito com sua mãe em uma foto que eu vi dela — eu disse.

Não tive coragem de dizer que vira a mãe ao vivo (seria correto expressar dessa forma?).

— Mamãe era realmente maravilhosa! — exclamou ela.

— Não me surpreende que meu irmão tenha se tornado um filhinho da mamãe. Ainda hoje choro como uma criança, sentindo-me só sem ela.

— Sentir-se dessa forma é algo fantástico. Sua mãe com certeza está feliz — eu disse.

— Obrigada. Logicamente, como todo ser humano, minha mãe ficava nervosa, irritada. Tinha diarreia, menstruava e se apaixonou perdidamente. Mas como posso dizer? Era uma pessoa sempre agradecida por várias coisas. Vivia constantemente alegre e aonde quer que fosse olhava para fora de uma janela, pensava e afirmava com seriedade "como é maravilhoso viver, devemos ser gratos". Não se tratava de agradecer por obrigação, por ter tido sorte ou ter obtido dinheiro, mas gratidão era algo extremamente natural nela. Não consigo me expressar bem, mas ela era esse tipo de pessoa — declarou Kitakaze cheia de energia.

— Dá para sentir que vocês dois têm um temperamento igual ao dela — eu disse.

O cheiro das árvores de um verde intenso e a úmida brisa noturna serviram para aprofundar minha impressão de efemeridade.

Do outro lado das folhas de uma cicadácea, Ataru e um cliente habitual gargalhavam. Esse jeito dele fora herdado da mãe. Parecia estar oferecendo a este mundo uma oração de agradecimento, de forma natural, como água a escorrer, espontânea como um assovio.

Isso era exatamente o que eu sempre sentia desde que sobrevivera.

A situação em que eu me encontrava estava longe de ser positiva.

Porém, enquanto a luz iridescente daquele mundo perdurava no fundo dos meus olhos, tudo ganhava um significado profundo. E justamente por sentir a gentileza das pessoas tão evasiva, precisamente por eu não poder me apegar a ela, eu a via como uma paisagem noturna intocável, um lindo ato se estendendo até muito além.

Exatamente por me faltar essa sensação de apego, eu era grata aos meus pais. Por estarem vivos, por aceitarem o fato de eu estar viva.

Não se tratava de um sentimento religioso nem da sublimação da raiva por Yoichi ter sido arrancado de mim.

Tateando a força sufocante da vida e da morte, seguramente tudo me parecia insignificante, mas também não era apenas isso.

Em meio a tanta beleza, eu era livre para pensar em coisas feias. Mesmo em um lindo estabelecimento há obrigatoriamente um local para descarte de lixo, bem como clientes intragáveis. Quando se bebe, as emoções se inebriam, mas se exageramos vemos o inferno. Sempre que há um céu, há decerto um inferno oculto de igual dimensão.

Viajamos livres de pesos embora tensos pelo fato de ambos existirem... Mesmo assim ansiamos pela chegada do instante em que poderemos ver as coisas com equilíbrio, apesar das náuseas pela água infiltrada no nariz, dos ossos quebrados, do fato de estarmos acamados e de vomitarmos imprecações... Pensava simplesmente ser um grande luxo poder por vezes ter um local só para mim em meio à grandeza deste mundo onde tudo isso existe.

*

No ateliê com um leve odor de poeira, eu imaginava quantas vezes mais eu ainda viria a Kyoto.

O cheiro dele, que nos primeiros tempos até me provocava aflição, desaparecera por completo.

Ao chegar por volta do meio-dia, abri as janelas para arejar o ambiente.

Em Kyoto, as tardes muito quentes do início do verão contrastavam com a paisagem refrescante das montanhas. Mesmo assim, a brisa causava uma sensação de frio.

O que acontece quando as pessoas morrem? Pensei vagamente sobre isso vislumbrando o céu.

Não se pode mais encontrá-las, elas desaparecem de repente, não se pode mais tocá-las, seu corpo some... É difícil para mim entender completamente. Por que, afinal, eu ainda estou viva?

O que mais me serviu de consolo neste estado? O tempo, a letargia, os novos acontecimentos? Logo após o almoço a transportadora parceira da empresa de armazenagem retirou algumas grandes obras remanescentes. Como parte delas tinha arestas, deu um enorme trabalho embalar tudo. Algumas delas, no entanto, foram desmontadas, e outras empacotadas da forma em que estavam, sendo baixadas pela janela por uma grua e colocadas em um caminhão que partiu levando-as para serem guardadas no armazém especializado em obras de arte situado no litoral de Tóquio. Depois da entrega e terminada a checagem, eu também irei até o armazém e, juntamente com a mãe de Yoichi, procederemos à tarefa de conferência final. De agora em diante, não importa onde as peças tenham de ser instaladas, elas serão transportadas a partir de Tóquio. Era como se nós duas administrássemos uma empresa: eu contatava várias vezes a mãe de Yoichi e era muito divertido trabalhar com ela.

— Ficou completamente vazio, não? — disse Ozaki, um jovem estudante da faculdade de artes que por vezes vinha ajudar Yoichi e que agora fazia bico como assistente em outro local.

— Que acha de irmos comer algo? — perguntei.

— Eu comprei pão! — disse ele.

— Eu agora mesmo comprei tofu na lojinha da esquina! Nosso almoço será tofu com pão. Tem também sopa instantânea — eu disse.

— Parece perfeito — concluiu ele.

Estendemos folhas de jornal no chão, esquentamos água e fizemos uma refeição frugal. Fazia tempos que não almoçávamos dessa forma enquanto trabalhávamos. Eu,

Yoichi e Ozaki tínhamos o hábito de almoçar sentados no chão, tomando chá torrado quente. Apesar da ausência de Yoichi e de não termos suas obras em andamento diante de nossos olhos, a atmosfera continuava a mesma.

— Que acha de darmos uma festa? — sugeriu Ozaki.

— Para festejar o quê? — perguntei.

— Uma festa de despedida para o ateliê. Vamos pôr uma música, beber uns drinques, decorar o ambiente com obras de Yoichi. Podemos também comer uns petiscos leves. Quer dizer, talvez o ateliê fique de mau humor com o próximo ocupante se não fizermos algum tipo de cerimônia de transferência. Fora isso, o pessoal ainda não sente ter realmente se despedido de Yoichi — disse Ozaki.

Eu assenti com a cabeça.

— Ah, parece uma boa ideia. Já sei o que vou preparar para comermos. Não é à toa que trabalhei vários anos em um restaurante italiano. Posso fazer bruschetta e lasanha. Chame o pessoal que nos ajudou.

— Sim, vou convidar os ajudantes, os vizinhos, os pais de Yoichi e o pessoal das galerias de arte — disse Ozaki.

— Mas já não há mais obras dele — eu ri.

— Vamos trazer para dentro a que está no jardim — sugeriu ele.

Uma obra fora instalada de graça no jardim por ocasião da mudança.

— Não é pesada?

— Com três homens, dá-se um jeito. E com certeza é possível desmontá-la em duas partes.

— Sendo assim, podemos colocá-la bem no centro do ateliê.

Doce amanhã

— O que foi feito com aquela mesinha que ficava no centro?
— Yoichi a produziu com uma madeira especial! E de brincadeira gravou nela *Sayo Love*! Por isso, eu a enviei para a minha casa.
— É uma boa recordação, não?
— Certamente, uma lembrança dele. Eu tomei posse dela — eu ri.
— Bastava ter pedaços de ferro e madeira para Yoichi criar qualquer coisa, não?
— Estantes, cadeiras, suportes para bicicletas.
Um diálogo desse tipo serviu para apaziguar meu coração como uma leve chuva caindo. Era a mágica de se viver o agora vertendo aos poucos e docemente sobre mim.
— Sabe, na semana passada mudei pela primeira vez em muitos anos o papel de parede do meu celular! Não sei bem por quê — eu disse.
— Que foto pôs? — perguntou Ozaki.
— A de uma cadela sem raça definida da vizinhança da casa de meus pais. Ela em breve vai dar à luz. Bem, meus pais vão cuidar de um dos filhotes, e, como estou sempre por lá, estou ansiosa. Depois que nosso cão morreu, meus pais ficaram tão tristes que juraram não criar mais cachorros, mas, quando lhes ofereceram um dos bebês dessa futura ninhada, rapidamente mudaram de ideia. Como em breve eles devem ganhar um cãozinho, eu me alegrei tanto, mas tanto, que acabei tirando fotos dessa cadela prenhe e quando percebi estava decidindo usar uma delas como tela de fundo do celular — eu disse.
— Antes disso, logicamente... — encetou Ozaki me olhando dentro dos olhos.

— Sim, antes era uma foto minha com Yoichi. Eu mesma me espantei com a naturalidade com que me vi trocando a foto.
— O tempo não para, não é? — disse ele com um lindo rosto sorridente.
— E você, está criando alguma obra agora? — mudei o assunto da conversa.
— Estou obstinado por gravuras. É muito divertido. Chego a varar a noite na faculdade — respondeu ele.
— Que legal. Eu queria voltar a ser uma estudante de artes.
E queria ter podido viver mais tempo com Yoichi. Se soubesse que nos separaríamos dessa forma abrupta, teria me casado logo com ele, teríamos tido filhos até nos cansarmos.
— Eu tenho uma namorada, por isso o que vou lhe dizer agora não é xaveco, de jeito algum. Mas você se tornou uma mulher muito mais atraente — disse Ozaki.
— Isso é algum tipo de consolo? — eu caí na risada.
— Claro que não. Yoichi certamente conhecia você como era de verdade — disse Ozaki. — Ele era do tipo que consegue captar com precisão a essência das pessoas.
— Sim, creio que ele sabia bem — eu disse. — Nesse caso, eu gostaria de ter vivido de modo mais intenso há muito mais tempo. Enfiei na cabeça que, se tivesse uma aparência fácil de ser aceita na escola e no ambiente de trabalho, e se mantivesse a compostura ao me expressar, eu tranquilizaria meus pais, não chamaria a atenção e teria uma maior liberdade de movimentos.
Parei nesse ponto, mas, ao vislumbrar espíritos vagando por aí com o mesmo ar de quando eram vivos, se lamuriando, comecei a me dar conta cada vez mais claramente da

necessidade de, enquanto estiver viva, excluir tudo o que não me faça bem.

Eu imaginava como teria sido se, depois de morrer, por distração, meu espírito não tivesse conseguido chegar ao além. Eu seria obrigada a usar roupas detestáveis, a vagar pelas ruas, e, assim, perderia a oportunidade e ficaria cada vez mais impossibilitada de me encontrar com Yoichi. Desejaria empunhar uma bandeira com a cor de minha alma para que todos soubessem que era eu, e para poder assim rever meu avô, meu cão de estimação e Yoichi.

O mundo é um lugar onde ignoramos qual será o momento de nossa morte, mas creio que para os seres humanos viver é como nadar em meio a um mar de infinita misericórdia. A cada passo, posso pisar em uma formiga. As pessoas têm a mesma probabilidade de morrer. Assim, entendo como é extraordinário me ter sido permitido saborear a doçura do tofu ali, naquele momento, daquela forma. Embora eu só tenha o tempo presente, isso é em si uma grande riqueza.

— Que acha de eu preparar um café para nós? — se ofereceu Ozaki.

— Ótima ideia. Bem forte — retruquei.

Apenas Yoichi estava ausente, todos os demais continuavam por ali. Era como nos velhos tempos.

Naquela época, misturavam-se no ateliê os sonhos, os ímpetos, as conversas, a profunda concentração, a respiração dos espíritos invisíveis no metal, o turbilhão de formas na cabeça de Yoichi, todas as espécies de vida.

Do espaço antes repleto, restava agora, aqui e ali, apenas o vazio.

— As pessoas daqui de Kyoto devem comentar que me tornei uma mulher meio bruta até no cérebro e que já me esqueci de Yoichi — eu disse.

— Lógico que não dizem isso. Bem, nem as pessoas de Tóquio dizem isso, não é? — replicou Ozaki. — Além do quê, quem mais gostava de vocês eram os assistentes e os vizinhos.

— Verdade — concordei. — Fico muito triste em me distanciar de Kyoto.

— Todos lastimam o que aconteceu com você e Yoichi — asseverou Ozaki.

O ruído da água borbulhando dentro da cafeteira ressoou e o aroma do café se espalhou. O som se assemelhava a uma suave oração.

As lembranças de tudo o que vivêramos juntos, as muitas tardes e noites, as alegrias e tristezas, as refeições, as corridas, os risos, todas essas impressões da época em que Yoichi estava trabalhando ali retornaram suavemente. Eram ao mesmo tempo como uma linda névoa e um arpão pontiagudo. Constituíam a memória de um sonho antigo rasgando profundamente o espaço de agora e conduzindo as pessoas ao passado. Kyoto é repleta dessas sensações, o que facilitava o meu ir e vir.

— Se precisarmos de alguma ajuda em relação às obras de Yoichi, você poderia ir para nos dar uma mão? — perguntei.

— Claro. Se precisar de mais pessoas, posso levar algumas da minha rede de contatos de trabalho — ofereceu Ozaki com uma expressão de que se tratava de algo óbvio.

Desde a perda da pessoa amada, descobri a existência nas pessoas dessa bondade levemente gentil apesar de provavelmente revelada só nesses momentos. Quando eu mais ansiei por ela, porém, não consegui obtê-la.

Meus olhos agora veem as coisas de forma ligeiramente diferente.

Vejo coisas nunca vistas.

Nas pequenas obras de Yoichi reside uma luz límpida semelhante à chama de uma vela solitária. Não entendo bem o porquê, mas tanto no meu peito quanto no de Ozaki resplandece a mesma luz. Ignoro se ela se extinguirá quando sairmos daqui ou se continuará a nos acompanhar.

Porém, essa linda luz verde-clara em nada diferia de uma forma de vida.

Se for possível fazer uma festa neste lugar antes da partida derradeira, essa luz brilhará no peito de todas as pessoas aqui reunidas e possivelmente se movimentará ao redor como se vaga-lumes estivessem dentro do ateliê.

Eu prepararei a comida, todos terão nas mãos um copo de bebida, e com certeza nossa conversa girará em torno das memórias de Yoichi. O monte Daimonji deverá nos observar fixamente de fora da janela. Talvez todos compartilhemos despreocupadamente as lembranças, ocultando cada qual sua frustração por uma era ter chegado ao fim.

Não será uma reunião para nos enfastiarmos com comidas e bebidas alcoólicas. Será um encontro para que essas luzes possam se juntar.

Não pude deixar de sentir que talvez... o significado do trabalho de Yoichi, de sua vida artística, da transformação do nada em algo real fosse precisamente esse.

Mesmo sendo apenas a luz débil de um vaga-lume, ela tem vida e jamais se apagará.

— Você vive sozinha? — indagou Ozaki.

— Hum. Em um prédio ocupado por um espírito — eu ri.

— Esse espírito se materializa? — perguntou Ozaki franzindo o rosto.

— Sim. Principalmente, por ser sempre a mesma mulher, me acostumei a tratá-la como mera residente — eu ri.

— Até onde você vai, Sayo? — questionou Ozaki.

— Nem eu sei até onde vou.

Essas palavras preencheram o espaço vazio do qual logo nos despediríamos.

Obrigada por tudo. Chegou a hora de eu partir em viagem. Ao pensar isso, tive a impressão de que o monte Daimonji me acenava a distância.

*

— Estou agora ao lado da torre da estação de Kyoto. Devo ir em direção ao Ginkakuji ou ao santuário de Kamigamo?

Levei um susto ao ouvir a voz de Ataru no celular.

— Você veio mesmo? — perguntei.

— Eu vim mesmo! — respondeu Ataru naturalmente.

Como descrever essa naturalidade? Era como se ele não manifestasse realmente interesse por nada e houvesse apenas um espaço se estendendo dentro dele. Eu, estando ou não ali, não faria diferença. Esse tipo de tranquilidade.

Eu nunca saboreara essa sensação. Em outras palavras, era semelhante para mim a estar ao lado de uma obra de Yoichi ao ar livre. Como se alguém tivesse me libertado. Como se eu apenas estivesse abaixo do firmamento, despojada dos questionamentos sobre se já estamos mortos ou qual é o estado de nosso corpo.

Ao refletir sobre isso, estranhas palavras cruzaram a minha mente.

Exatamente como naquela ocasião, sim, quando eu estava morta, pensei contrariada.

Ao conhecer Ataru senti que a liberdade de uma pessoa pode libertar outrem, porém, para tanto são necessários desprendimento e força absurdos.

— Deixe-me pensar. Siga em direção ao santuário Kamigamo. Telefone de novo quando estiver na frente dele — orientei.

Eu poderia caminhar novamente por Kyoto na companhia de alguém, como naquela época. Não imaginava que chegaria o dia em que iria jantar e ver o pôr do sol acompanhada. Ao contrário de minha relação com Ozaki, em que eu precisava me manter firme, com Ataru poderia ficar indolente e ser apenas eu mesma.

O horário de visitação ao santuário estava encerrado. Do outro lado da cerca havia dois montes de areia em formato de cones pontiagudos. Eles expressavam magnificamente a forma perfeita de uma obra de arte moderna.

Ataru estava sozinho de pé.

— Vamos dar um passeio? — convidou ele.

Eu me vi abrindo uma expressão sorridente e um tanto vaga.

Franzi os olhos, levantei levemente os cantos dos lábios e esbocei um sorriso. Um rosto sorridente como o de quem se dirige ao seu adorável cãozinho de estimação.

— O que houve? — perguntou Ataru.

— Vamos passear. Rio? Montanha? Cidade? — indaguei.

— É uma maravilha ter todas essas opções por aqui — disse Ataru. — Então, por que está sorrindo desse jeito?

— Porque estou alegre com sua vinda, e me sinto contente também por saber que em Tóquio, afinal, tenho uma vida.

— Aonde vamos? Ainda é cedo para o jantar.

— Quer ir ao banho público? Ah, se formos mais longe há também as águas termais! — expliquei.

— As águas termais seriam ótimas — declarou Ataru.

Telefonei para um colega da universidade, residente nos arredores, e pedi emprestado seu velho Toyota Vitz usado por todos. Esse colega também era amigo de Ozaki e sem delongas trouxe o carro até nós.

Atrás do volante, comecei a dirigir por aquele caminho rumo às termas de Kurama, por onde não havia passado desde o acidente. Deliberadamente passei por Kibune, servindo de guia turística para Ataru.

— Não foi por aqui que aconteceu o seu acidente? — A voz de Ataru soou estranhamente nítida.

— Foi. Mas não se preocupe. Preciso resgatar meu *mabui* — eu ri.

Passei rápido por aquele local. O local onde ele morreu e onde minha vida anterior teve um fim. Pela janela aberta, ressoavam os sons do rio com suas margens onde as luzes quase não alcançavam, mas onde o ar era muito puro. Em breve seria verão e se prenunciava a época em que muitas pessoas estariam no leito do rio.

Logicamente, nada aconteceu ali, apenas passei como um foguete.

Agradavelmente rápido.

Não poderia ser de outra forma. Afinal, agora sou diferente.

Eu faria qualquer coisa para que Yoichi retornasse, para poder voltar no tempo. Qualquer coisa mesmo. Eu me comovia apenas em pensar nisso.

Porém, como isso não se concretizou, aprecio a pessoa que sou e a minha vida de agora. Não me importa que meu *mabui* não retorne, mas desejaria ver todas as pessoas que amo podendo viver até a sua velhice. Ainda que não pudesse vê-las com frequência por estarem porventura espalhadas pelos quatro cantos do planeta, seria ótimo poder na medida do possível passar muitas vezes momentos agradáveis com elas.

Tudo bem, vou continuar vivendo sem ter uma alma, estou satisfeita com as coisas como são agora, com meu modo de ser agora. Tudo vai se ajeitar, não é nada desconfortável. A vida tem ainda muitas coisas confusas, obscuras, e na medida de minhas possibilidades eu desejo reduzi-las. Além disso, estou cansada de querer só mais um pouco, de desejar receber mais um pouquinho da vida. Quero viver tanto quanto possível sem pensar nisso e esse é o único desejo em meu coração.

Não estava alegre nem triste, mas pensar sobre isso me deixou contente.

Estava feliz por poder admirar novamente aquelas paisagens após tanto tempo.

As termas de Kurama estão cercadas por vegetação bastante densa, e pudemos descansar os olhos admirando as montanhas, imersos na água quente. Fazia calor, havia muita luz solar, e não me ocorreram lembranças daquela época. Talvez porque pela primeira vez havia um turista visitando o local em minha companhia. Meus olhos apenas absorviam o verde circundante. Era como se estivesse me nutrindo dele.

Percebi o quanto a minha vida era boa. Assim como eu e Yoichi marcamos de nos encontrar no saguão das termas, eu vi Ataru esperando por mim. Apenas no momento em que de alguma forma me lembrei de Yoichi meu coração se encheu de tristeza. Porém, a tristeza ao imaginar que ele nunca retornaria às termas de Kurama desapareceu. Na volta, descemos direto pelas margens do rio Kamo sem passar por Kibune.

Senti ter ganhado algo a mais para recordar.

À noite, por vontade de Ataru, fomos comer em um restaurante especializado em pratos com *mochi* em Kiyamachi. Ele havia reservado um quarto de hotel, para onde retornou, enquanto eu, por ter ainda alguns trabalhos para concluir, passei a noite no ateliê. Impressionei-me com a maturidade dele em não ter me pedido para dormir com ele no hotel.

Com o estômago cheio de *mochi*, caminhamos ao longo do rio Takase. Sentia o coração leve acompanhando o jeito de turista de Ataru. Andar por Kyoto com alguém que até havia pouco eu desconhecia era uma sensação nova que levou ao início de um renascimento dentro de mim.

*

Doce amanhã

Na tarde do dia seguinte Ataru iria visitar um amigo. Por isso marcamos de nos encontrar à noitinha no Ginkakuji, subindo o monte Daimonji pelo caminho em que eu e Yoichi costumávamos passear.

Galgamos aos poucos uma ladeira por detrás do Ginkakuji, ao final da qual há uma escadaria longa e íngreme. Caminhando lentamente por cerca de uma hora chegamos à extremidade da letra "dai (大)", ou seja, "grande", desenhada no monte. Sentamos no chão no espaço onde é costume acender fogueiras por ocasião da Festa de Retorno dos Espíritos ao Mundo dos Mortos e do alto pudemos ter uma visão irrestrita de Kyoto.

Observamos atentamente as ruas, bebendo água a grandes goles. Ali, o verde da Universidade Dojisha, lá, a montanha com o ideograma "ho (法)", a "lei ou darma budista", gravado a fogo. Apontávamos para todo lado saboreando os momentos em que a cidade se reveste das luzes douradas do crepúsculo, prestes a mergulhar na escuridão noturna. A brisa esfriava nossa transpiração.

— Sabe, admirando a cidade lá embaixo de um lugar alto e lindo como este eu me pergunto o que aconteceria se você tivesse morrido antes dele — disse de súbito Ataru.

— Hum. Penso muito sobre isso! — respondi.

— Você ficaria mortificada vendo do paraíso ele casado com uma moça adorável e carregando um filho no colo? Seja sincera.

Ataru perguntou isso num cochicho, mas com seriedade. Respondi, não sem antes me questionar o que estaria acontecendo agora na vida privada dele.

— Hum. Também penso muito nisso. No fundo considero seriamente que talvez tenha sido melhor do que o contrário — eu disse.

— O contrário? — perguntou Ataru.

— Se Yoichi se deprimisse com minha morte, não se casasse, mantivesse ao redor fotos e outras lembranças minhas, recusasse os convites de outras moças voltando diretamente para casa, preparasse ele mesmo seu jantar e o comesse sozinho, e assim acabasse dormindo... Bem, apesar de ser pouco provável que isso acontecesse dessa forma, fico infeliz ao imaginar que uma condição semelhante pudesse durar longo tempo — eu disse.

— Se fosse comigo, eu ficaria muito feliz! — riu Ataru.

Eu prossegui.

— De início eu também me sentia assim. Poderia chamar de uma espécie de alegria mórbida instantânea. Mas quanto mais pensava, maior era minha tristeza. Não me sentia bem ao imaginar minha imagem impregnada nas recordações dele durante toda a vida. Algo na região do abdômen me fazia sentir desse jeito. Sou muito sensível à força em meu ventre.

— É comum dizerem que o intestino é um segundo cérebro, não?

Ataru disse isso olhando atentamente para o meu abdômen. Para além do rosto dele, podia ver com clareza o declive íngreme da montanha e as árvores verde-escuras. Voltei a pensar em como era prazeroso estar acompanhada por alguém em Kyoto.

— Refleti muito sobre isso, muito mesmo, e decerto me revoltaria se ele se casasse com uma moça novinha, tivesse um filho com ela, engordasse comendo todo dia quitutes deliciosos, trabalhasse com afinco em suas obras e assim praticamente se esquecesse de mim. Porém, penso se em meio a tudo isso não haveria alguns momentos em que ele se recordaria um pouco de mim, do melhor de mim, do meu rosto mais sorridente, e derramaria algumas lágrimas, elevando os olhos ao céu e rezando aos deuses para eu estar em um bom lugar. E apesar de serem apenas momentos passageiros, seria realmente mais maravilhoso do que ele se lembrar de mim com tristeza e sempre, sempre, nos momentos de infelicidade — eu disse.

— Em outras palavras, isso serve também de alimento para a sua alma. *Se vir uma estrela cadente de cima da Bay Bridge, diga o meu nome, call me again.* É por aí, não?

— Ah, que saudades dessa música! É do George Yanagi. É simplesmente encantadora, não acha? — eu ri.

— *Em uma noite sem vento, se uma nuvem flutuar pelo céu, cante para mim* — prosseguiu Ataru.

— Sabe, em geral, eu me sentiria um pouco confusa tendo essa conversa com outras pessoas, mas com você estranhamente isso não aconteceu. Seria pelo fato de eu sempre ter gostado dessa canção? Muitas vezes me lembrei dela olhando para o rio, não de cima da Bay Bridge, mas da ponte Demachiyanagi. Parece combinar com a minha situação e a dele — eu disse.

— Em algum momento as pessoas se separam, não? Bem ou mal.

Acolhi o que Ataru disse de forma literal, simples e tranquila.

Yoichi gostava de Leonard Cohen e de músicas americanas e ignorava por completo canções japonesas, mas fiquei feliz em ver que Ataru conhecia uma canção tão incomum.

Não enterre nessa terra enegrecida
O único sonho que eu trouxe
Dos caminhos por onde andei.

Cantamos os dois em uníssono.

Os outros montanhistas riram de repente nos olhando de relance, talvez nos tomando por um casal em um encontro animado.

Não me importava que eles não entendessem nosso comportamento. Eu mesma não o entendia. Experimentei por essas pessoas um sentimento de muita doçura. Assim como a brisa que ternamente nos acariciava.

Tinha vontade de abraçar a cidade de Kyoto se descortinando abaixo de meus olhos, e com o imenso céu parecendo tão próximo senti algo a que se poderia chamar de felicidade.

*

Pela manhã, quando estava sozinha em meu apartamento, o Residencial Kanayama estava bem quieto, algo condizente com um prédio assombrado.

A mãe Sazanka decerto continuará a perscrutar a rua enquanto estiverem demolindo o prédio. Dentro do coração de Ataru ou em alguma outra dimensão.

Não importava a existência ou não dos espíritos, se eles eram visíveis ou não aos olhos, se estavam vivos ou mortos. Era como uma ilusão. Afinal, tudo estava ali de qualquer forma. Mas os seres humanos gostam de traçar limites.

Se, por outro lado, não o fizerem, tudo é uno. Recebemos a benevolente luz solar da mesma forma que o musgo embebido na água e os microrganismos movendo-se ali.

Se deixarmos de querer apenas que o mundo corresponda às nossas expectativas, perceberemos que somos todos iguais, estimados concidadãos.

Sabia bem que as pessoas ao meu redor nutriam por mim certo desconforto. Estava ciente de que minhas palavras eram semelhantes às que se costumam ouvir daqueles que estiveram à beira da morte, mas entendia também, a ponto de ser doloroso, o sentimento de desejar compartilhar com alguém essa sensação de plenitude. E, ao mesmo tempo, como era difícil compartilhá-la.

Aquela era uma casa assombrada e praticamente metade de mim era um espírito. Mas eu era relativamente feliz.

Ataru voltaria hoje ou não? Se voltar tomaremos chá, ou quem sabe não. Em algum momento nós nos separaremos, algo que tanto pode acontecer amanhã como daqui a duas décadas. Nadamos na atmosfera como os microrganismos. Nós nos juntamos, nos afastamos e, por uma lógica imensa e incompreensível, formamos todos, com nossas vontades, parte do mecanismo da vida, sendo arrastados pela correnteza, deixando-nos levar pelos acontecimentos, sendo inflexíveis.

Não me sinto nem um pouco saudável, mas estou viva; sobre isso não há dúvida. As pessoas acabam encontrando alguém por onde quer que forem, alguém que elas somente poderiam encontrar estando vivas.

Liguei para a casa de Yoichi.

— Podemos nos encontrar hoje às duas da tarde na saída Shiodome da estação Shimbashi? E, sobre o caso do

Museu a Céu Aberto Kirishima, a senhora deseja aproveitar para depois fazer uma viagem em família? De quantas pernoites?

— Gostaria de passar uma noite no hotel predileto do meu marido, o Miyazaki Kanko. Você não se importaria de pernoitarmos lá? — Foi a reação da mãe de Yoichi.

— Claro, sem problema. Vou fazer as reservas — eu disse.

A mãe de Yoichi prosseguiu a conversa em seu ritmo usual.

— Vou pedir a um amigo de meu marido para reservar. Acredito que possa conseguir algum *upgrade*.

— Estou ansiosa pela viagem. Então vou fazer as reservas no hotel em Kirishima. Do dia 3 ao dia 5, daqui a dois meses, como havíamos combinado inicialmente — falei enquanto fazia anotações num caderninho.

— Vamos comer bastante frango *nanban* e frango caipira grelhado. Quero aproveitar para visitar também o santuário de Udo. Quando Yoichi estava no ensino médio, jogamos moedas da sorte na rocha em formato de tartaruga! Talvez agora eu seja capaz de recordar isso sem cair no choro — disse a mãe, aparentemente com uma ponta de alegria. — Achava que nunca mais conseguiria fazer uma viagem em família. Me entristecia ao imaginar que de agora em diante seríamos apenas eu e meu marido. E lamentava também meu filho ter sido arrancado de nós depois de todo o nosso esforço para criá-lo. Mas fico feliz por ter tantas lembranças dele. Sou mãe e poderia ter ficado sem nenhuma de suas obras, de verdade. De qualquer forma, apenas o queria aqui comigo. Mas Yoichi trouxe você, Sayo, para nossas vidas. Provavelmente para não nos deixar cair na solidão.

— Fico feliz por a senhora pensar dessa forma. Se um dia eu tiver um filho, por favor o considere como seu neto. Eu lhe faço essa promessa. Vamos mesmo viajar juntos — eu disse.

Eu ainda ponderava um pouco se não teria sido melhor eu ter morrido. Senti uma leve dor no fundo do peito. Ainda carrego comigo o peso por ter sobrevivido. Pretendo aceitar naturalmente esse peso.

— Perdoe-me por minhas conversas sempre tão depressivas. Sem você, Sayo, não sei o que teria sido de nós. Acho que eu e meu marido teríamos nos divorciado. Não conseguiríamos gerir as obras de Yoichi; as provas da passagem dele por este mundo teriam sido deixadas à mercê das intempéries ou quem sabe as teríamos jogado fora — disse ela.

— Eu estou livre, por isso, não é nenhum peso para mim. Fale-me dele sempre que desejar. Se estiver triste venha a qualquer tempo se confortar comigo. Talvez eu nada possa fazer, mas pelo menos estarei do seu lado. Assim como ele, vocês são pessoas importantes para mim. E considero as obras dele como meus filhos — eu disse.

— As provas de que Yoichi viveu não se limitam às obras dele, mas ele certamente deixou sua marca neste mundo.

Depois de ouvir os agradecimentos da mãe, desliguei o telefone com delicadeza.

Que abundância, há de tudo. Estar vivo ou morto dá no mesmo. Todos temos realmente tudo dentro de nós. Com certeza isso é algo que só percebemos quando vamos morrer.

Eu aos poucos me conscientizei disso naquele ateliê vazio, com sua boa luminosidade solar e seu odor de tatame novo. Assim como o sabor de uma alga perdura por longo tempo, uma alegria pura percorria todo o meu corpo. Compreendi que apenas em meu ventre tinha perdido um pouco da força, mas logo voltaria ao normal.

*

Confirmei que todas as obras de Yoichi haviam sido devidamente entregues. Convidada pelos pais dele, tivemos um jantar ligeiro, e, no caminho de volta, dei uma passada como quem não quer nada no Shirishiri.

O espírito da mulher estava como sempre sentado ao balcão.

Ela remexia em seus longos cabelos com ar de desinteresse, embora no fundo quisesse estar ali.

Enquanto eu a olhava fixamente, Shingaki me trouxe alguns tira-gostos.

— Sayo, você foi até aquele lugar? Você resgatou seu *mabui*, não foi? — perguntou ele.

Eu tive um sobressalto.

— Como você sabe?

— Talvez porque minha avó tenha sido uma xamã *yuta*? Eu me considero iluminado espiritualmente, uma espécie de *sadhaka* — disse ele com tranquilidade.

Logicamente ele devia saber de maneira vaga sobre minha ida a Kyoto e por isso deve ter presumido que eu voltaria ao local do acidente. Porém, o jeito dele era de quem de fato tivesse visões. Olhou-me bem dentro dos olhos e falou sobre o *mabui*, sem hesitação, como se estivesse

apenas me dizendo "Olha, tem um negócio grudado no seu cabelo".
— Não conheço o dialeto de Okinawa, mas acho que entendi... Então, bem, você também consegue ver a mulher volta e meia sentada ao balcão? — questionei.
— Hum. É a razão de eu não deixar ninguém sentar ali — declarou Shingaki de um jeito indiferente.
— Sempre via também o seu companheiro que morreu, Sayo! Você está sempre acompanhada daquele rapaz bem-apessoado.
— Onde?
Olhei para trás mas não vi nada.
— Não é sempre que o vejo! Só eventualmente. Mas consigo sentir a presença dele, mesmo agora. Também daquela vez, achando que você tinha um novo namorado, senti pena daquele homem atrás de você e tive vontade de chorar por ele — disse Shingaki. — Eu também gosto muito de você, o que não me deixa menos triste. Essa mistura do mundo de lá com o de cá acontece com facilidade. Na origem eles estão misturados. Devemos nos aprimorar todos os dias de nossas vidas enfadonhas para que esses dois mundos não se misturem em demasia.

Como ele consegue dizer algo tão simples de um jeito tão franco?, ponderei em minha mente um pouco inebriada. Talvez seja mais fácil para os okinawanos pela forma como aceitam o outro mundo.

— Por isso é bom o álcool, são bons os bares. Afinal, as pessoas podem descarregar um pouco dos seus fardos em um lugar onde são capazes de se misturar ao mundo de lá, ainda que somente por um curto espaço de tempo. Se não se exceder na bebida são ótimos ambientes, e úteis! — disse Shingaki, sorridente.

E prosseguiu com o rosto um pouco sério.

— Aquela pessoa sempre sentada ali é minha irmã mais velha! Ela morreu. Embora eu só a veja de tempos em tempos, ela decerto vem beber para proteger o bar — disse ele.

— Não tenho palavras... Sinto muito. E eu sentada aqui com jeito de quem se preocupa só com o próprio umbigo — eu disse.

— Se não puder ter esse jeito em um bar, onde mais poderia? — replicou Shingaki.

— Tem razão, mas talvez eu tenha me aproveitado demais da sua atenção. — Fiz um exame de consciência.

— Sayo, você gosta daquele rapaz gay, não é? — indagou Shingaki.

— Gosto, mas não do jeito que você talvez esteja imaginando! — eu disse. — No momento, eu não conseguiria sentir atração por alguém. É como se estivesse viúva.

— Estarei mentindo se disser que não sinto interesse por você, mas é o mero interesse que se tem por alguém sentado do outro lado do balcão, apenas uma busca por consolo. Vendo você, penso em como é bom estar vivo e sinto-me em paz. Provavelmente porque você esteve próxima da morte mas se mostra mais viva do que outras pessoas — disse Shingaki.

Por um instante me assomou a sensação de estar sendo rejeitada.

Ser dominada por essa sensação significava que havia sangue fluindo dentro de mim. Senti brotar a vontade de abraçar forte meu próprio corpo.

— Só posso agradecer. É bom poder ser útil de alguma forma a alguém.

Bebi meu *awamori* em silêncio.

Senti o vívido sabor de um novo relacionamento humano. O balcão brilhava refletindo a luminosidade noturna. As pedras de gelo dentro do copo em muito se assemelhavam a imponentes icebergs transparentes. Prova de que eu estava embriagada.

Eu admirava calada as pedras de gelo. Se estivesse morta, seria impossível ver o brilho instantâneo diante dos meus olhos. O gelo derrete se transformando em água: eis aí a beleza das coisas fugazes.

Por fim, quando já havia me esquecido de Shingaki, ele recomeçou.

— Minha irmã, três anos mais velha que eu, veio para nossa casa após a morte de meu pai. Eu tinha quinze anos. Ela era filha de meu velho fora do casamento, mas minha mãe a acolheu sem fazer distinção! Eu, ainda no ginásio, a considerei uma moça incrivelmente bela e de verdade me apaixonei por ela à primeira vista. Ocultei esse sentimento até os meus vinte anos. Ela também sempre escondeu o que sentia por mim. Até ela completar trinta anos, nunca sequer nos demos as mãos. Mas nutríamos o mesmo sentimento um pelo outro!

"Quando começaram a conversar sobre um casamento arranjado para ela, nós fugimos para Tóquio. Abandonamos inclusive nossa mãe, que de todos era quem nos tratava com mais gentileza. Vivemos como um casal, em segredo, administrando um pequeno comércio. A loja se situava na arcada comercial sob a linha de trem de Shibuya. Minha irmã acabou morrendo em um acidente de trânsito e me deixando um filho que ela deu à luz sem complicações. Não foi possível sepultá-la em sua cidade natal. Ela foi enterrada em um cemitério em Tóquio.

"Após a sua morte, tornei-me viúvo. Agora, minha mãe aceitou tudo e, escondendo diversas coisas de nossos parentes, todo ano vem passar alguns meses conosco. Logicamente, sinto um indizível rancor, tenho ódio, e essa revolta não desapareceu! Porém, como meu filho é maravilhoso, procuro pôr esse sentimento de lado. Talvez eu me enfureça dependendo do que acontecer, mas vivemos todos de forma serena procurando suprimir a raiva.

"Talvez por esse motivo eu me interesse ainda mais por você, Sayo. Por você ter sofrido um acidente. Bem, não havia comentado por não desejar expor minha vida privada, mas tenho um filho de dez anos. A partir da uma da madrugada, quando volto para casa, eu sou um pai de família. É o que me dá forças para continuar a trabalhar."

O máximo que pude dizer foi "Então era isso".

Depois disso, ambos mantivemos silêncio.

Lágrimas tépidas escorriam pelo meu rosto e pingavam sobre o balcão. Muitas delas.

A mulher estava sentada ao balcão olhando em nossa direção. Seus olhos pareciam mais gentis do que de costume, e por alguma razão ela estampava um ar de maior felicidade.

Que coisa. Eu havia me enganado. Meus olhos foram presunçosos, pensei.

— Numa próxima oportunidade quero conhecer o seu menino — eu disse. — Posso cuidar dele quando você precisar. Levo-o para brincar. Fora isso, tenho tempo à tarde e posso ajudar o levando e trazendo da escola!

— Hum, obrigado — agradeceu ele.

Seria bom um relacionamento de contornos desconhecidos e de leve atração mútua com uma pessoa do sexo oposto, mas era ainda melhor ele ter se mantido como um amigo, apesar de eu ignorar exatamente que tipo de amigo.

Algo reluz como uma única aspiração dentro de mim e nada nem ninguém poderá apagá-lo. Quando percebi isso, lembrei-me de quando eu e Ataru estávamos na montanha e dos versos daquela canção, e sorri.

Ninguém sabe ainda aonde o caminho vai nos levar, mas dias e noites extraordinários estão a nos esperar.

Assim continuava a canção.

— Você está com uma ótima fisionomia sorridente agora que seu *mabui* voltou. Como você não estava desesperada para tê-lo de volta, ele retornou por vontade própria.

Shingaki afirmou isso com um olhar imparcial, quase frio, como se contemplasse as montanhas, o mar e o arco-íris.

— Será que voltou de verdade? — questionei. E comecei a rir. — Mas, para ser sincera, para mim é indiferente! O importante mesmo é eu estar aqui.

Posfácio

O grande terremoto de 11 de março de 2011 não apenas provocou uma enorme reviravolta na vida dos habitantes locais como também dos residentes de Tóquio, como eu.

Talvez seja extremamente difícil de entender, mas escrevi este romance pensando em todas as pessoas, vivas ou mortas, que vivenciaram por toda parte essa catástrofe.

Tudo o que eu tentava escrever, no entanto, me parecia superficial, e, na tentativa de expressar o peso que carregava dentro de mim, cheguei a certa altura a cogitar ir como voluntária até o local do desastre. Porém, após muita reflexão, decidi permanecer onde estava, convicta da necessidade de escrever durante aqueles dias de tanta apreensão.

Imaginei muitas pessoas criticando: "Fala sério. Que mensagem você pretende passar com esse seu romance curtinho e de tom animador?"

Contudo, não era minha intenção produzir uma obra de envergadura capaz de cativar um grande público, mas escrever um romance breve e consistente, dedicado a um número reduzido de leitores que de alguma forma pudessem encontrar nele uma ajuda, uma esperança.

Ficarei satisfeita se pelo menos um leitor sentir que o livro chegou no momento certo e foi útil para lhe proporcionar finalmente algum alívio, mesmo que por um breve espaço de tempo.

Agradeço a vocês, leitores. Desejo apenas expressar a todos vocês minha gratidão.

ESTE LIVRO FOI COMPOSTO EM GATINEAU CORPO 11 POR 14,6 E IMPRESSO
SOBRE PAPEL PÓLEN BOLD 90 g/m² NAS OFICINAS DA MUNDIAL GRÁFICA,
SÃO PAULO — SP, EM OUTUBRO DE 2023